제3회 문학동네청소년문학상 대상

그치지 않는 비

오문세 장편소설

문학동네

차례

1

유령이
되어서는

살 수 없다

"여행을 하자."

형이 말한다. 나는 벌써부터 가방에 옷가지를 밀어 넣고 있었기 때문에 아무 대답도 하지 않는다.

아버지는 오늘도 집에 오지 않았다. 아마 영원히 돌아오지 않을지도 모른다. 어찌 됐든 오늘 저녁에는 나도 집을 나가니까 아무래도 상관없는 일이다. 다만 아버지의 얼굴을 보지 않고 떠난다는 게 마음에 걸린다. 평소에는 서로에게 별로 신경 쓰지 않는 사이라고 해도, 막상 이렇게 되면 기분이 좋지 않은 법이다.

형은 벽에 기대어 서서 느긋한 표정으로 내가 싸고 있는 짐 꾸러미를 본다. 홀가분하게 떠나려고 했는데 이것저것 챙기다 보니 짐이 커진다. 뭘 빼야 할까 고민하는 중에 형이 넌지시 묻는다.

"메모라도 남겨 두는 게 낫지 않을까."

나는 잠깐이나마 아버지에게 남길 글귀를 생각하다가 고개를 젓는다.

"뭐라고 남겨? 아버지, 저 여행 갑니다. 언제 올지 모르겠지만 그때까지 건강하세요. 이렇게?"

형이 웃는다.

"병신 새끼."

고민 끝에 옷 두 벌을 가방에서 털어 낸다. 지금 입은 옷까지 포함해서 세 벌만 가져가도 괜찮을 것 같다. 번갈아 빨면 지저분하게 돌아다니지 않아도 되겠지.

일정이 잡힌 여행이면 몸에서 냄새가 나도 하루쯤 버틸 만하지만, 지금 가는 여행은 그런 게 아니다.

"면도기는 왜?"

"혹시 모르잖아."

가방 앞에 달린 주머니에 세면도구와 함께 형이 쓰던 면도기를 쑤셔 넣는다. 형은 내가 우스워 보이는 모양이다. 그러나 당장 쓸 일이 없다고 해서 앞으로도 그럴 거라는 보장이 어디 있는가. 별다른 고민 없이 내일도 오늘과 같을 거라고 여기는 건 멍청한 짓이다.

가방을 어깨에 건다. 예상보다 무거워서 뒤로 몇 걸음 휘청거린다. 현관 앞으로 걸어가는 동안 형은 천천히 집 안의 풍경을 살핀다. 변변치 않은 단칸방과 거기에 딸린 좁은 거실, 화장실.

가구는 몇 개 없다. 전에 있던 건 대부분 부서져서 이사 올 때 전부 내다 버렸다. 멀쩡하던 물건이 왜 다 부서졌는지, 사정을 설명하려면 복잡해진다.

이 집은 그리움을 묻기에는 지나치게 표준화된 장소다. 똑같은 구조에 비슷한 가구를 들여놓은 집이 지구상에 5천만 개는 있다. 나는 아무렇지도 않다. 나에게 도시의 집이란 그저 그런 사람들이 그저 그런 공간에서 그저 그런 인생을 소비하는, 말하자면 닭장 같은 곳이다.

어떻게 이런 곳에서 그렇게 오랜 세월을 보낼 수 있지. 가끔 소스라친다.

"그래도 일단 봐 둬."

형이 집 안에 박힌 시선을 돌리지 않고 말한다.

"기억한다는 건 중요한 거니까."

"그러시겠지."

현관 밖으로 나와서 문을 걸어 잠근다. 열쇠는 늘 놓아두던 복도 창틀 아래 끼워 넣는다. 아버지가 또 술에 떡이 돼서 열쇠를 잃어버려도 이렇게 하면 들어올 수 있을 거다.

어둠이 깔린 복도를 지나 건물 입구로 내려온다. 손목시계는 밤 11시에 가까운 시간을 가리키고 있다.

"그런데 왜 이렇게 늦게 나와? 도망가는 것도 아니고."

형이 묻는다.

"밤공기가 좋잖아."

"낭만적이로군."

그렇지만 사실 낭만과는 아무런 상관 없다.

나는 내가 떠나는 모습을 다른 사람에게 보이고 싶지 않았다. 이제 막 고등학교에 입학한 나이처럼 보이는 아이가 혼자 커다란 가방을 메고 집 밖으로 나온다면 사람들이 뭐라고 생각할 텐가.

만에 하나라도 참견하기 좋아하는 인간이 너 어디 가니? 이따위 질문이라도 하게 되면 입장이 곤란해진다. 여행이고 뭐고 시작부터 망해 버리는 것이다. 어쨌거나 출발은 하겠지만, 그런 기분으로 출발하고 싶지는 않다.

거리에는 아무도 없다. 나는 숨을 크게 들이쉰다. 차가운 공기가 머리를 맑게 해 준다.

아버지는 이번에도 은행으로 들어온 돈을 전부 현금으로 뽑아서 냉장고 구석에 처박았다. 당분간 일을 하지 않아도 될 만큼 많은 돈이었지만 아버지는 전보다 두 배는 더 일했다. 일이 없는 시기에는 전보다 두 배는 더 취했다. 썩어 넘치게 많은 돈은 지난 9개월 동안 조금 줄었다가 조금 불었다가를 반복했다.

나는 아버지의 양해를 구하지 않고 돈더미의 절반을 잘라서 가방 안에 쑤셔 넣고 나왔다.

절반을 빼든 전부를 빼든 똑같은 거야. 나중에 갚을 것도 아니잖아?

형은 돈을 털어 가는 데는 동의했지만 그중 절반만 가져가는 행동에는 어이가 없는 듯했다. 나는 개의치 않았다. 절반이라고 해도 여전히 썩어 넘치게 많은 돈이었으니까.

돈은 많을수록 좋아.

형이 말했다.

그래, 많을수록 좋지.

나는 고개를 끄덕였다. 대화는 그걸로 끝이었다.

익숙한 거리의 모습이 사라질 때까지 걷기로 한다. 가장 먼저 하고 싶은 일은 낯선 곳으로 가는 것이다. 그런데 아무리 걸어도 눈에 익은 장소에서 벗어나지 못한다. 내가 아는 세계의 반경은 생각보다 넓구나. 의외의 현실 앞에 조금 좌절한다.

"실망할 필요 없어."

형이 말한다.

"언제나 새롭지는 않을 테니까."

이렇게 말하는 형도 어딘가 좌절한 것처럼 보여서 나는 별다른 말을 하지 않는다.

하늘에 별이 하나도 없다. 실제로 나타난 적이 있는지도 의문이다. 보석처럼 아름답게 반짝이는 별. 사진으로만 봐서는 도무지 알 수 없는 표현이다. 별이 어떻게 보석처럼 반짝인다는 건지. 도시에서 태어나 줄곧 도시에서 살았다. 언제나 검은 하늘만 바라보았다고 해도 이상할 게 없다.

하긴, 별 따위를 봐서 어쩌겠단 건가.

"별 따위를 봐서 어쩌겠단 거야."

형이 투덜거린다.

"이제부터는 정신 똑바로 차리고 행동해야 해. 덜떨어진 놈처럼 넋 놓고 다니다가는 발걸음도 떼기 전에 속옷까지 털리고 말걸. 넌 좀 만만해 보이잖아."

나는 실제 나이보다 어려 보인다. 이런 건 정말 어린 나이에는 장점이 되지 못한다. 서른 살이 스무 살처럼 보이는 건 대단한 거지만 스무 살이 열 살처럼 보이는 건 병신 같은 거다.

"난 냉정하니까 괜찮아."

"그러셔?"

나는 내년이면 스무 살인데 겉보기에는 열다섯 살처럼 보인다. 슬픈 일이다.

심야 버스를 타기로 마음먹는다. 버스에서 잠을 자면 숙박비를 아끼고 체력도 보충할 수 있다. 택시를 타고 이동해서 별 다섯 개짜리 호텔에서 묵는 것도 나쁘지 않지만 그런 호화로운 짓은 하지 않기로 한다.

이정표를 보며 버스 터미널로 향하는 도중 몇 개의 공중전화 부스를 지나친다. 망설이다가 형에게 묻는다.

"출발하기 전에 전화하는 게 좋을까?"

"글쎄."

"시간이 너무 늦었나?"

나는 어떤 여자애 생각을 하고 있다. 오래전에 헤어진 친구다. 이런 때 여자애 생각이라니 우스운 일이지만, 무작정 떠도는 것보다는 의미 있는 사람을 한 명이라도 만나 보고 싶다.

"만나 봤자 허무해질 뿐이야."

형은 부정적인 기색이다.

"그건 만나 봐야 알지."

"걔는 네가 누군지도 모를걸."

나도 무턱대고 희망에 부풀어 있는 건 아니다. 그러니까 아마도 형이 맞을 거라고 생각한다. 벌써 10여 년 전의 인연이니까. 기억하지 못한다고 해도 어쩔 수 없다. 어쩔 수 없지만, "그걸 형이 어떻게 알아?" 짐짓 거칠게 대꾸한다.

형이 코웃음을 친다.

"그럼 내일 아침 일찍 전화해 보든지."

형의 말에 따르기로 한다.

우리는 초등학교 때 서로의 짝으로 만났다. 내가 18번, 여자애가 19번. 여자애는 언제나 내 이름을 성까지 붙여서 또박또박 불렀다. 내 이름은, 그러니까 성과 함께 불리는 내 이름은 무척이나 낯설게 느껴졌다.

나는 여자애를 19번이라고 불렀다. 낯선 호칭에 대한 복수였는지 아니면 어떤 계기가 있었던 건지, 정확한 이유는 모르겠다. 그냥 그때는 그런 식의 몰개성적인 호칭이 나름대로 어울린다고 생각했던 것 같다.

19번의 연락처를 알게 된 건 최근의 일이다. 우연히 손에 집어든 잡지에서 19번이 학생복 모델로 실려 있는 걸 봤다. 내가 기억하는 꼬맹이는 아니었지만 한눈에 알아볼 수 있었다. 이름과 나이, 그리고 졸업한 학교를 알고 있으니 전화 몇 통으로 19번의 연락처를 찾는 건 어렵지 않았다.

처음에는 잡지사에 연락했다가 허탕을 쳤다. 다음에는 초등학교에 전화를 걸어 동창들의 연락처를 관리하는 모임을 통해 최근 등록된 19번의 전화번호와 사는 지역을 알아냈다.

19번의 집은 이곳과 멀리 떨어진 도시에 있었다. 차를 타고 세 시간 정도는 가야 할 만큼 멀었다. 그게 좋았다. 19번이 단번에 달려갈 수 있는 곳에 살고 있었으면 찾아갈 생각조차 하지 않았을 것이다.

"표 사기 전에 가진 돈이 얼마인지부터 세 봐."

"왜?"

"그 정도는 알고 있어야지."

버스 대기실에 도착한 다음 아무도 없는 화장실의 빈칸에 들어가 가방을 뒤적인다. 돈은 내가 짐작한 것보다 많다.

"버스를 사도 되겠는데?"

형이 한심한 농담을 한다.

매표소 아저씨는 힘겹게 졸음을 쫓는 중이다. 나는 세 번이나 목적지를 말한다. 그래 놓고도 다른 방향의 표를 받아서 한 번 더 천천히 설명한다.

"어른도 없이 이렇게 먼 데까지 가니?"

아저씨가 하품을 하면서 묻는다. 나는 아저씨의 말을 무시하고 시계를 보며 대기실 밖으로 나온다. 30분 정도 여유가 있다. 목이 마르지만 가방 안에 든 돈다발이 온통 고액권 지폐라 자판기를 이용할 수가 없다.

대기실 앞에 놓인 의자에 앉아 내가 탈 버스를 가만히 바라본다. 버스는 낡고 거칠고 위압적이다. 아버지 생각이 난다.

"그 인간 생각이 왜 나?"

형이 혼자 팔짱을 끼고 서서 퉁명스럽게 묻는다.

"왜 아버지를 싫어해?"

"누가?"

"형이."

"형이 아버지를 싫어하는 게 아니라, 아버지가 형을 싫어하는 거겠지."

어쨌든 아버지는 공평한 사람이다. 아버지는 형을 싫어하는
만큼 나도 싫어하니까. 그리고 나를 싫어하는 만큼 다른 모든
사람도 싫어한다.

그러니 아버지에게는 아무래도 마찬가지였을 것이다. 형과 내
가 어디서 뭘 하든, 무슨 난리를 피우든, 아버지와는 조금도 상
관없는 일이었다.

그토록 혼자 있기를 바라는 사람을 나는 본 적이 없다.

"잘된 거지 뭐."

내가 말한다.

"그래. 아무튼 잘됐어."

형이 동의한다.

버스를 보며 아버지가 집에 돌아왔을 때를 상상한다. 처음에
는 당황하겠지. 냉장고 구석의 돈이 반절 비어 있는 걸 발견하면
이런저런 생각을 해 볼 것이다.

내가 집을 나갔다는 걸 알면 아버지는 어떤 반응을 보일까.
나를 찾을까. 아니면 신경 쓰지 않을까.

"학생."

상념에서 깨어난다. 아까부터 누가 뒤에서 말을 건다. 축축하
게 눌린 목소리다.

"너 부르는 거 같은데?"

형이 말한다. 나는 대꾸하지 않는다.

생판 모르는 사람과 대화를 나누는 건 불편한 일이다. 길을 묻는 이에게 대답하거나 느닷없는 설문 조사 같은 것에 응할 때, 대부분은 불쾌한 기분으로 대화가 끝나기 마련이다. 상대가 저자세로 나오면 우울해진다. 반대의 경우는 짜증스럽다. 뭐가 문제인지 모르겠다. 그 사람들이 다 문제다.

내가 문제일 수도 있고.

목소리는 포기하지 않고 재차 말을 걸어온다. 포기할 기색이 보이지 않아 하는 수 없이 소리가 들려온 방향으로 몸을 튼다.

"학생, 왜 대답 안 해?"

"뭐가요?"

"왜 대답을 안 하냐고."

"왜 그러시는데요?"

"내가 눈이 침침해서 그러는데 이것 좀 대신 봐 줘. 이게 어느 버스지?"

나이가 지긋한 할아버지다. 말쑥한 정장 차림으로 서서 다짜고짜 손에 쥐고 있던 표를 내민다. 내가 보인 싸가지 없는 태도에도 아랑곳하지 않는 것 같다.

조금 미안해져서 힐끗 표를 확인한다. 내가 타는 버스와 같은 번호다.

"이거네요. 이거 타시면 돼요."

"응, 고마워."

할아버지는 대충 고개를 끄덕이면서 슬그머니 내 옆에 엉덩이를 들이민다. 한 사람이 앉는 의자였기 때문에 떠밀리듯 자리에서 일어난다. 미안한 마음을 품었던 게 금방 후회된다.

"남쪽으로 가는 거야?"

할아버지는 뻔뻔스럽게도 대화로 내 발을 묶어 둘 심산인 듯하다. 꼼짝없이 할아버지의 말 상대를 해 줘야 할 판이다.

"딱히 남쪽으로 가는 건 아닌데요."

"괜찮지, 남쪽이면. 따뜻하기도 하고. 내 고향이 그쪽이거든."

어른의 이야기는 형편없이 만든 영화를 또 보는 것만큼 지겹다. 그런 영화의 장면은 죄다 비슷하고 어디서 베껴 온 티가 난다. 할아버지의 이야기도 다를 바 없다.

형이 할아버지 뒤에서 질린다는 표정으로 손날을 목에 가져다 대고 끊으라는 시늉을 한다. 내가 기회를 엿보는 동안 할아버지는 남쪽에 있는 온갖 명소를 들먹이며 열변을 토한다. 어지간한 지명이 다 나오고 난 뒤에야 할아버지가 잠시 숨을 고른다.

빠져나가려면 지금이다.

"할아버지. 제가 좀 피곤해서요."

"그런데 남쪽에는 무슨 일로 가지?"

남쪽으로 간다고 한 적 없다. 할아버지는 갑자기 내가 누구이며 어디로, 무엇 때문에 가는지 맹렬하게 따질 기세다.

"다들 타세요."

어디선가 나타난 버스 기사가 할아버지의 질문에 두들겨 맞고 있는 나를 구출한다. 어느새 출발 시간이다.

냉큼 버스에 오른다. 할아버지는 아쉽다는 듯 입맛을 다시며 앞좌석에 앉는다. 옆에서 계속 이야기를 들어 줬으면 하는 기색이 역력하지만 나는 맨 뒤로 가서 가방을 껴안고 창가에 기댄다. 형은 바로 앞에 자리 잡는다.

"남쪽으로 가는 건 맞잖아."

창밖을 보면서 형이 말한다.

"그렇기는 하지."

내가 대답한다.

"보고 싶은 사람들이 기다리고 있겠군."

형이 다시 말한다. 여기에는 대답하지 않는다. 의자에 몸을 기대고 쉬기로 한다.

그러는 동안 버스에 몇 명의 사람이 추가로 올라탄다. 내 반대편 창가에는 헐렁한 녹색 셔츠를 입은 젊은 여자가 앉는다. 향수 냄새가 은은하게 퍼진다.

"안녕?"

여자는 호기심이 담긴 표정으로 내 가방을 본다.

"여행 가니?"

벌써 두 사람이나 나에게 관심을 갖는다.

"인기가 많네."

형이 고개를 틀고 속삭인다.

"심야 버스, 큰 가방, 중학생. 뭐 수상한 구석이 있는 건 아닌데 말이야. 그건 그렇고 쟤 예쁘지 않냐?"

"나 고등학생이거든."

가방을 발치에 억지로 밀어 넣으며 대답한다. 형의 말이 맞다. 짐이 문제다. 도착하는 대로 코인로커 같은 곳을 찾아서 가방과 형을 함께 쑤셔 박아야겠다고 결심한다.

"먼 곳까지 가네?"

여자가 말한다. 돌려서 묻는 질문이지만 못 알아들은 척한다.

"그러게요."

"만나러 가는 사람이라도?"

여자의 얼굴을 본다. 진한 화장 때문에 나보다 나이를 먹었을 거라고 생각했는데 이렇게 보니 엇비슷하다. 근데 왜 반말이지.

"근데 왜 반말이에요?"

여자가 당황스럽게 웃는다.

"반말하면 안 돼? 내가 누난데."

"몇 살인데요."

"열아홉 살."

"나도."

"뭐?"

지갑을 꺼내 학생증을 내민다. 여자는 잠깐 의아한 표정을 지었다가 내 옆으로 와서 학생증을 확인한다.

학생증에는 헐렁한 교복 차림의 내가 애송이처럼 뽀얀 얼굴로 찍힌 사진이 또렷하게 박혀 있다. 나는 이 사진을 별로 좋아하지 않는다. 사실, 나는 내가 찍힌 어떤 사진도 좋아하지 않는다.

여자는 학생증을 유심히 살핀 뒤 내 얼굴을 본다.

"너 맞아?"

"맞아."

학생증을 도로 지갑에 넣는다. 창밖으로 보이는 대기실이 아까보다 한산하다. 이제 버스에 오를 사람은 없어 보인다.

버스 기사는 옆에 정차한 다른 버스의 기사와 몇 마디 잡담을 주고받더니 곧 차를 출발시킨다.

"고등학생이면 한창 공부할 때 아냐? 이렇게 돌아다녀도 돼?"

여자가 묻는다. 갑자기 화가 난다. 멍청한 질문이라는 생각이 들었기 때문이다.

성공하려면 공부해야지. 그런 소리를 수도 없이 들었다. 남들보다 공부 열심히 해서 남들보다 좋은 대학에 입학하고 남들보다 좋은 직장에 취직하고 남들보다 좋은 물건을 사고 남들보다 좋은 인생을 살아야지.

그래서 뭐 어쩌란 말인가.

고등학교에 입학해서 만났던 담임도 수업 첫날에 똑같은 말을 했다.

앞으로 눈이 내리는 광경을 세 번만 더 보면 인생이 결정된다. 여기 들어오기 전에 모의고사 치렀지? 몇 점이라고 적혀 있디? 그게 바로 니들 인생 점수야. 패배자처럼 살고 싶지 않으면 미친 사람처럼 공부해라.

나는 미친 사람처럼 공부했다. 그런 헛소리를 믿고서 한 건 아니었다. 담임의 논리에 따르면 변변찮은 고등학교에 들어와 변변찮은 월급을 받으며 변변찮은 교사 노릇을 하고 있는 본인의 인생 역시 패배한 거나 마찬가지였으니까.

가끔 담임이 불쌍하다는 생각을 했다.

"나 공부 잘해."

"거짓말."

"넌 학교 안 가?"

"안 가."

"왜?"

"비밀."

더 묻지 않고 눈을 감는다. 마지못해 시작한 대화였으니 아무 때나 끊어져도 상관없다. 이제 막 들어선 여정에 대해 생각할 시간도 빠듯하다.

"삐쳤어?"

"자려고."

"삐쳤네. 한 번만 더 물어보면 말해 주려고 했는데."

한 번만 더 물어볼 타이밍이다. 그런데 한 번만 더 물어보는 게 믿을 수 없을 만큼 귀찮게 느껴진다.

억지로 눈을 뜬다. 아무리 그래도 이제 막 알게 된, 좋든 싫든 서너 시간은 더 볼 사람에게 무례하게 굴고 싶지는 않다.

"학교 왜 안 가는데?"

참을성 있게 질문을 던진다.

"비밀."

"이제 진짜 잔다."

"농담이야."

여자가 키득거린다.

"자퇴했어. 일하려고."

"일?"

"아는 오빠가 술집 하거든. 그거 도와주러 가는 거야. 돈이 꽤 된대."

"술집?"

"작은 클럽이라는데 자세한 건 몰라. 나한테 매출 관리를 맡기고 싶다나. 이래 봬도 숫자에는 자신 있으니까."

"그렇구나."

매출 관리? 정말?

그렇게 물어볼 수도 있었다. 하지만 그러지 않는다. 좋은 이야기가 나올 것 같지 않았기 때문이다.

산다는 건 너를 이용해 먹으려고 수작 부리는 개새끼들과의 싸움이야. 한 새끼를 패면 또 다른 새끼가, 또 다른 새끼를 패면 또 또 다른 새끼가 엉키는 개싸움인 거지.

아버지는 그렇게 말했다. 삶이란 영원히 끝나지 않는 싸움의 연속이라고. 그걸 막을 수 있는 방법은 어디에도 없다고.

나는 중학교에 입학하면서 아버지에게 이 말을 처음 들었다. 그리고 금세 아버지의 말을 이해했다. 학교라는 곳은 어차피 사회의 축소판이고, 거기에도 난장판은 있다.

그해 겨울에 아버지는 내게 크리스마스 선물이랍시고 야구방망이를 손에 쥐여 주었다. 누구든 엉키면 패 버리라고. 나는 야구방망이를 들고 엉키는 놈들을 패 버리는 대신 성실하게 학교에 다녔다.

"네 차례야."

여자가 말한다.

"뭐가?"

"내 얘기 들었잖아. 네 차례야."

"난 누구 만나러 가."

"누구?"

"몰라도 되는 사람."

"뭐야, 혹시 여자친구?"

사람들은 뭐가 이렇게 궁금할까. 가는 곳마다 질문이 가득하다.

많은 사람을 만나고, 많은 대화를 나누도록 해.

얼마 전까지 살던 도시를 떠나 전학 가던 날 상담 선생님이 내게 이런 말을 했다. 오랜 시간 일했지만 여전히 자기가 담당한 아이들에게 어떤 사명감 같은 걸 지니고 있는, 보기 드문 어른이었다.

끈을 놓아 버리면 안 돼. 넌 점점 투명해지고 있잖아. 사람은 유령이 되어서는 살 수 없어.

나는 아무 말도 하지 않았다. 진심을 담아서 걱정해 주는 사람에게 뜻 모를 반감을 느낄 만큼 유치한 심보를 가진 건 아니었지만 아무튼 쉽게 수긍할 수도 없었다.

내가 잘 살아가고 있다는 생각은 하지 않는다. 그러나 그렇다고 해서 완전히 망한 인생을 살고 있다고 생각하지도 않는다. 그런데도 내가 만난 대부분의 사람은 나에게 뭔가 가르쳐 주고 싶어 안달이 난 것처럼 굴었다. 꼭 내가 어딘가 잘못되어서 구원받아야 할 패배자인 것처럼 대했던 것이다.

어색한 분위기를 눈치챈 여자가 내 어깨를 치며 가볍게 웃는다.

"미안. 피곤해 보이는데."

나는 대답하지 않는다.

고속도로에 접어든 버스가 무서운 속도로 달린다. 창밖으로 보이는 도시의 불빛이 수평으로 빠르게 지나간다.

"너 방망이 있냐."

반대편 자리로 돌아가 창가에 기대는 여자에게 말을 건다.

"방망이?"

"그래, 방망이. 야구할 때 쓰는 거."

"그건 왜?"

"거기 도착하면 그거부터 가지고 있어."

형이 소리 없이 웃는다. 여자는 통 모르겠다는 표정이다. 이걸로 됐다.

눈을 감는다. 잠이 기다린 것처럼 빠르게 찾아온다.

2

어디를
가도

마찬가지

여전히 밤이다. 끈질기게 말을 걸던 여자는 버스가 목적지에
도착하자 제일 먼저 후다닥 내린다. 나는 시간을 들여서 천천히
버스 바깥으로 나온다. 당연히 기다리는 사람은 없지만 그래도
텅 빈 터미널에 혼자 내려오자 쓸쓸한 기분이 든다.

딱히 계획이 없기 때문에 일단 앞에 보이는 편의점에 들어가
출출한 배를 채우기로 한다.

"어디서 잘 거야?"

형이 묻는다.

"글쎄."

버스가 예상보다 빠르게 도착했다. 넉넉하게 잘 수 있을 거라

고 생각했는데 두 시간도 못 잤다.

피곤하지는 않지만 낮에 제대로 활동하려면 지금 잠을 더 자 둬야 한다. 방을 잡는 것보다는 시간을 보낼 수 있는 곳에 들어가 대충 눈을 붙이는 편이 낫겠다.

머릿속에 떠오르는 생각을 정리하면서 편의점 문을 연다.

"어서 오세요."

편의점 아르바이트는 피곤한 직업이다. 예전에 잠깐 편의점에서 일한 적이 있다. 사장은 최저임금보다 못한 시급을 주면서 그 것조차 아까워하는 속물이었다.

한번은 처음 보는 아줌마가 들어와 장바구니를 가득 채우고 수표를 내밀었다. 신분증을 확인하고 제대로 서명까지 받았는데 나중에 알고 보니 수표도 신분증도 훔친 것이었다.

경찰은 도난당한 수표를 증거품으로 회수해 갔다. 사소한 실수에도 입에 거품을 물던 사장이 그때는 이상하게 별말 없었다. 그리고 일을 그만두던 날 받은 월급에는 정확히 도난당한 수표만큼의 돈이 빠져 있었다.

계산대 앞에 선 내 또래의 아르바이트생이 졸린 눈으로 이쪽을 살핀다. 당장 이 녀석에게 수표를 바꿔 달라고 하면 어떤 식으로 대응할지 궁금하다.

"밥은 든든하게 먹어야 해."

형이 뜬금없는 조언을 던진다.

"이제부터는 규칙적으로 생활하는 게 좋을 거야."

"나도 알아."

규칙적인 생활. 별 볼 일 없는 결심이지만 여행에 오르면서 가장 크게 염두에 두었던 부분이다.

이건 가출이 아니라 여행이다. 그러니까 반듯하게 다녀야 한다. 나에게는 무너지지 않아야 할 이유가 있다.

"지금은 그것만 생각하자. 여행을 한다는 거."

형의 말을 듣고 고개를 끄덕인다.

김밥과 물을 고른다. 계산대 앞에서 일이 터진다. 돈을 내기 위해 가방에서 지갑을 꺼내는데 돈다발로 가득했던 비닐이 헐렁하게 잡힌다. 가슴이 철렁 내려앉는다. 떨리는 마음으로 비닐을 열어 보니 한가득 들어 있던 지폐가 절반가량 사라지고 없다.

"돈 안 내요?"

우물쭈물하고 있으니 아르바이트생이 짜증을 낸다. 나는 애써 침착하게 돈을 다시 확인한다.

없다. 잃어버린 것이다.

분명히 버스에 오르기 전까지 이상이 없었는데, 어느새 절반이나 사라졌다. 어디에 흘리거나 누가 빼 갔다면 버스에 탄 후일 것이다. 하지만 나는 휴게소에서 내리지 않았고 돈을 쓰기 위해 비닐을 뒤지지도 않았다. 가만히 있던 가방 속의 돈이 저절로 빠져나갔을 리가 없다.

거기까지 생각이 미치자 더 볼 것도 없이 범인이 누구인지 떠오른다.

"망할."

"정신 똑바로 차리고 행동하랬지?"

형이 말한다.

"형도 개랑 얘기할 때 별말 안 했잖아."

"예쁘게 생겼으니까."

형이 눈 하나 깜짝 않고 개소리를 한다.

도대체 언제 훔쳐 간 걸까. 내가 잠을 자고 있을 때인가.

"야, 돈 내."

아르바이트생이 화를 내면서 나를 쏘아본다. 무례한 태도였지만 별말 없이 돈을 꺼내 주고 계산을 마친다. 이런 상황에서 치고받고 싸워 봤자 이득 볼 게 없다.

돈이 없어진 걸 알게 되자 당장은 화가 났다. 그러나 김밥과 물을 쥐고 바깥으로 나오며 생각하니 궁금증이 커진다. 왜 돈을 전부 가져가지 않고 절반만 빼 갔을까.

"너 같은 병신이 세상에 또 하나 있나 보지."

형이 빈정거린다. 김밥의 포장지를 뜯으며 형에게 말한다.

"그래도 야식은 먹을 수 있으니까 다행이잖아."

"걔가 널 총으로 쏘지 않은 게 다행이다."

편의점 앞의 계단에 앉아 김밥을 먹는다. 포장지에 찍힌 사진을 보면 속이 넉넉한 제품이어야 할 텐데 입에 무늬 온통 밥이다. 맛은 없어도 배를 채우기 위해 끝까지 먹는다. 물을 같이 산 건 현명한 선택이었다. 그러지 않았으면 떡처럼 뭉친 밥알이 목구멍을 처막아서 비참하게 죽었을 거다.

배를 채운 뒤 혹시나 하는 마음에 터미널로 돌아가 대기실에서 잡담을 나누고 있는 버스 기사에게 여자에 대해 묻는다. 여기서 내리기는 했는데 어느 쪽으로 갔는지 모르겠다는 대답이 돌아온다.

터미널 근방을 이리저리 돌아다녀 봤지만 돈을 훔쳐 간 여자를 찾을 수는 없었다.

"처음부터 이 정도의 돈이었다고 생각하자."

내가 말한다.

"그러면 기분 나쁠 일도 없고 좋잖아?"

"좋지. 그렇게 계속 자기기만을 시도해 보자고."

"근처에 공원이 있으면 좋을 텐데."

형의 말을 무시하고 걸음을 옮긴다.

어디선가 들은 이야기인데 관리가 철저한 공원이 아니면 들어가서 잠을 자도 큰 제재가 없단다. 겨울에는 얼어 죽기 딱 좋겠지만 가을이니까.

"다른 건 뭐 안 없어졌어?"

"가져갈 게 있어야지."

거리로 나온다. 새벽이라 길을 지나는 사람의 모습이 뜸하다. 버스 터미널 입구에 붙은 낡은 관광 안내 표지판을 참고해서 방향을 잡는다. 다행히 근처에 공원이 있다. 도중에 몇 번 길을 잘못 들어 헤매기는 했지만 그래도 금방 찾아낸다.

도착하고 보니 관광 안내 표지판에 실린 공원은 공원이라고 부르기에는 조금 민망한 구석이 있는 횡한 공터다. 나는 사람들의 눈에 띄지 않도록 좀 더 안쪽으로 들어가 나무들 사이에 자리 잡는다. 가방에서 옷가지를 꺼내 바닥에 깔고 누우니 제법 편안하다.

그러나 쉽게 눈이 감기지 않는다. 엉성하게 서로 부딪치고 있는 나뭇가지들 사이로 바닥없는 우물처럼 새카만 하늘이 보인다. 내가 사는 도시에서 한참 멀리 떨어진 이곳에서도 빌어먹을 별들이 단체로 파업 중이다.

어쩐지 추워지는 것 같아 옷을 끌어모은다. 간간이 도로를 가로지르는 차 소리를 제외하면 사방이 밤하늘처럼 먹먹하다.

"여행은 왜 하는 거야?"

형에게 묻는다.

"그걸 왜 나한테 묻나?"

형이 대꾸한다.

"먼저 여행하자고 한 건 형이잖아."

형에게 물으면서도 이렇다 할 결론을 내리지 못한다. 집을 나설 때는 어떻게든 밖으로 나와야 한다는 생각뿐이었는데, 막상 이유를 생각해 보니 아무래도 떠오르지 않는다.

"그런 건 중요한 게 아니야."

형이 말한다.

"어쨌거나 너는 집에서 멀리 떨어진 곳에 있어. 지금은 잠을 자고, 내일 아침에는 전화를 걸 거야. 그런 게 중요한 거지."

"그래?"

"일단 길을 나서면 이유에 대해서는 아무래도 상관이 없어지는 거야. 어차피 세상에 의미 있는 일은 하나도 없으니까."

"의미 있는 일은 하나도 없다."

형이 자주 하던 말이다.

형은 많은 사람을 만나고 다니면서 허울 좋은 친구와 악의에 불타는 적을 수두룩하게 만들었다. 형의 주변에는 형을 지나치게 좋아하는 무리와 지나치게 싫어하는 패거리가 항상 꼬였다.

의미 없는 짓이야. 형은 입버릇처럼 말했다. 지난겨울, 분에 넘치게 좋은 집안의 여자와 결혼하겠다며 한바탕 난리를 친 뒤에도 그랬다.

여자 쪽 부모님의 강렬한 반대에 부딪쳐 혼인이 지지부진 미뤄지는 동안 여자가 유산을 했다. 길고 고통스러운 과정이었다. 형은 피폐해진 여자를 남겨 둔 채 자취를 감췄다.

우리 이제 이거, 그만하자.

한참 뒤에 나타난 형에게 여자가 남긴 말은 햇살 아래 부서지는 눈송이처럼 부질없었다. 형은 미련 없이 여자를 보냈다.

두 사람의 관계가 끊어진 후에도 나는 며칠간 여자와 연락을 하고 지냈다. 여자는 나에게 누나라는 호칭으로 더 익숙했다.

누나는 형을 지나치게 좋아했던 마지막 사람이었다. 나는 형이 마침내 마음을 잡고 어떻게든 정착하는 날이 올 거라고 생각했다. 그러나 형은 인생 깊숙이 들어온 최후의 빛마저 어설프게 바깥으로 몰아냈다. 나는 형이 싫었다.

"형이 우는 걸 본 적이 있어."

형이 우는 걸 본 적이 있다. 누나를 보내고 난 후 얼마 지나지 않아서였다.

도서관에서 공부하다가 밤늦게 집에 돌아와 보니 형이 혼자 조용히 울고 있었다. 바닥에 누워 자는 줄 알았는데 그런 게 아니라 우는 거였다. 눈물이 한 방울씩 떨어져서 바닥을 적셨다. 형은 아무렇지도 않은 표정이었다.

왜 울어?

내가 물었다. 형은 대답하지 않았다.

눈을 뜬다. 누군가 툭툭 옆구리를 건드리고 있다. 시계를 확인하니 오전 5시 29분이다. 슬슬 일어나야 한다. 누가 나를 깨웠는지 보기 위해 머리끝까지 파묻었던 옷가지를 걷어 내고 고개를 든다.

반쯤 벗겨진 머리에 아무거나 주워 입은 것 같은 차림새의 남자가 이쪽으로 빤한 시선을 던진다. 형은 어디로 갔는지 보이지 않는다.

"일어나 새끼야. 너 빼고 나머지는 다 갔어."

뒤에 붙은 말은 이해하지 못했지만 아무튼 일어난다. 주섬주섬 가방을 싸고 일어서는 동안에도 남자는 자리를 뜨지 않고 묘한 눈길로 나를 지켜본다. 지독한 냄새가 난다.

"근데 너 누구냐?"

남자가 묻는다.

"아저씨는 누구신데요?"

"나? 나는 홈리스지."

홈리스시구나.

냄새 때문에 머리까지 아프다. 코를 싸쥐고 싶은 충동을 참으며 뒤로 두어 걸음 후퇴한다. 홈리스의 얼굴에 미소가 걸린다.

"너 가출했지?"

"여행 중인데요."

"여행 중이라는 놈이 왜 길바닥에서 자고 지랄이야."

홈리스는 소리 내어 웃는다. 자기 말이 웃긴 모양이다.

"밥이나 먹으러 가자."

그리고 자연스럽게 내 어깨 위에 손을 올리고 어디론가 걷기 시작한다. 잠이 덜 깨서인지 얼른 거절하지 못하고 나도 모르게 홈리스를 따라 걷는다.

공원 한가운데를 지나 안쪽으로 들어가니 수십 명의 사람이 줄을 서서 뭔가 기다리는 광경이 눈에 들어온다. 모두 노숙자다. 먼저 일어난 형이 멀리 떨어진 곳에서 팔짱을 끼고 서 있는 모습도 보인다.

홈리스는 뭐라고 외쳐 대면서 앞으로 나가 사람들 틈에 끼어든다.

"새치기 아니에요?"

"새치기 맞아."

새치기 맞구나.

고개를 빼고 앞을 살핀다. 교회에서 나온 사람들이 탁자 위에 음식을 늘어놓고 밥을 퍼 주고 있다.

"아침은 이걸로 해결이네."

어느 틈에 근처로 온 형이 낄낄거린다.

이런 데서 밥을 먹어도 될까 싶지만 홈리스가 워낙 완강하게 내 어깨를 누르고 있어서 달리 생각할 여지도 없다. 누군가 내 손목을 덥석 붙잡고 이것 봐, 노숙자도 아닌 놈이 여기서 밥을 먹는다! 하고 소리치는 광경이 떠올랐지만 그런 미친놈 같은 일은 벌어지지 않는다.

줄은 아주 천천히, 조금씩 줄어든다. 배식을 받는 노숙자들은 무슨 요구사항이 그렇게 많은지 하나같이 교회 사람들을 붙잡고 놔 주질 않는다.

"나는 네가 뒈진 줄 알았다."

홈리스가 말한다.

"요즘에는 시설이 좋아져서 길바닥에서 죽는 인간이 많이 줄었지만 그래도 종종 있어. 내가 본 것만 해도 셋이나 된다."

나는 고개를 끄덕인다.

"여기 너 같은 애들은 드물어. 네 나이에는 뭐라도 할 수 있잖아. 어지간해서는 이런 데 안 오지. 하긴, 뭘 할 생각이 없다고 해도 요즘같이 청소년 보호 센터가 사방에 널린 마당에 애들이 무슨 노숙을 하겠냐."

나는 고개를 끄덕인다.

"여기는 그래도 밥이 먹을 만해. 다른 곳도 가 봤는데 영 별로였거든. 우리 같은 사람은 밥이라도 잘 먹어야 버티는 거야. 바닥에 구르는 인생이라고 바닥에 구르는 거 먹으면 안 된다. 알겠냐?"

나는 고개를 끄덕인다.

그러고도 염병할 놈의 고개를 백만 번은 더 끄덕인다. 홈리스는 질리지도 않고 계속해서 말을 뱉는다. 다른 건 몰라도 홈리스의 입에서 나는 냄새 때문에 죽을 것 같다.

"다음 분."

고통스러운 시간이 가고 마침내 나와 홈리스의 차례가 온다. 조금만 더 늦었으면 열정적으로 끄덕이던 고개가 부러질 뻔했다.

홈리스는 밥을 더 달라느니 반찬을 더 푸라느니 말이 많다. 주걱을 든 아저씨는 "정량입니다. 뒷사람 생각도 하셔야죠." 하는 말을 끝으로 대꾸하지 않는다.

"전 조금만 주세요."

나는 앞에 놓인 식판을 챙겨 들고 작게 말한다. 아저씨는 밥을 떠서 식판 위에 올려놓으려다가 멈칫한다.

"집에 가야죠."

아저씨가 말한다. 나는 멋쩍게 웃는다. 이런 자리까지 와서 저는 가출 청소년이 아닙니다, 할 수는 없는 노릇이다.

말없이 식판을 들고 돌아선다. 뒤로 식탁이 몇 개 있는데 노숙자가 바글거려서 끼어들 틈이 없다. 어차피 자리가 남는다고 해도 냄새 때문에 근처에서는 밥을 먹기 곤란했을 거다. 되도록 멀리 떨어진 곳에서 혼자 먹고 싶다.

그런데 식탁 뒤편 땅바닥에 앉아 있던 홈리스가 벌떡 일어나서 가까이 오라고 손짓을 해 댄다. 그냥 지나치면 그대로 달려올 기세다. 어쩔 수 없이 홈리스에게 걸어간다. 형은 모른 척 나를 등지고 앉는다.

"또 이거야? 하여간 이 새끼들은 성의가 없어."

홈리스가 된장국을 가리키며 욕을 한다. 된장 외에는 집어넣은 게 없는지 아무 맛도 나지 않는다.

홈리스는 꼿꼿한 자세로 앉아 신중하게 밥과 반찬을 떼어 먹는다. 뭘 먹든 우악스럽게 입에 욱여넣을 거라고 생각했는데 그렇지도 않다. 노숙자가 되기 전에는 뭘 하던 사람이었을까.

"사업가였겠지."

형이 나직한 목소리로 말한다.

"사업하다 망하는 사람 많잖아?"

형의 말을 듣자 불쾌해진다.

"다른 사람 인생 따위 알 바 아니야."

내가 속삭인다.

"집은 왜 나왔냐?"

다른 사람 인생 따위 알 바 아닌 나와 달리 홈리스는 당장에 내 인생이 궁금한가 보다.

집을 왜 나왔냐고? 무슨 상관이지?

그러나 나는 앞으로도 비슷한 종류의 질문을 수천 번은 더 받을 것이다. 그때마다 일일이 해명하기 위해 엿 같은 에세이라도 한 권 써서 내야 할 판이다.

구구절절 나의 일에 대해 설명하고 싶지 않다. 내가 나이가 많았으면, 아니 최소한 실제 나이만큼이라도 먹어 보였으면 피해 갈 수 있는 질문이 길바닥의 돌멩이처럼 발에 차인다.

"집 나온 거 아니에요. 여행 중이라니까."

홈리스가 코웃음을 친다.

"어린놈이 무슨 얼어 죽을 여행이야."

"어린놈은 여행하면 안 돼요?"

"학교는 어떻게 하고?"

"방학이에요."

"요즘은 가을에도 방학이 있냐?"

"있어요."

나는 지난달에 자퇴했다. 미련은 없었다. 담임은 그 정도 성적이면 충분히 좋은 대학에 입학해서 장학금까지 받으며 다닐 수 있을 거라고 설득했다.

하지만 대학은 가서 뭐 한단 말인가. 학교는 지겨운 곳이다. 학교에서 배우는 지식이라고는 온통 제품에 딸려 오는 설명서 같은 것뿐이다. 이를테면, 새로 나온 게임기를 사서 켜 보지도 않고 설명서만 죽어라 외우는 식이다.

학교에 다니는 놈들도 쓸모없기는 마찬가지다. 고등학생의 순수한 열정과 패기 같은 건 벌써 1억만 년 전에 공룡과 함께 운석을 처맞고 사라졌다. 아니, 그딴 건 아예 처음부터 있지도 않았을 거다.

학생도 어른만큼 이기적이다. 주먹을 휘두르는 놈이나 성적에 목을 매는 놈이나 마찬가지다. 나는 쓸데없이 다른 아이들을 때

리고 다니는 패거리를 경멸했고 한두 개 틀린 문제를 보며 질질
짜는 샌님들을 혐오했다.

오만하기는. 그래서 넌 걔들보다 위에 있다는 거냐?

고등학교에 입학한 지 얼마 지나지 않아 이런 생각을 형에게
말했을 때, 형이 웃으면서 물었다.

그런 게 아니야. 누가 위냐 아래냐를 떠나서 그냥 이런 것들이
싫다는 거야.

그렇지만 어디든 마찬가지야.

형이 말했다.

어디를 가도 마찬가지란 말이야. 지금 당장은 학교를 떠날 수
있겠지만, 어쩌면 운이 좋아서 네가 원하는 곳으로 갈 수도 있
겠지만, 결국에는 똑같단 말이지. 더 이상 벗어날 수 없는 곳까
지 이르게 되면 너도 자연스럽게 알게 될 거야. 어디든 마찬가지
라는 걸.

나는 형의 말을 듣고 학교를 그만두지 않았다. 그 뒤로 2년 반
정도 되는 시간을 버텼다. 그러나 나로서는 그런 환경이 도무지
익숙해지지 않았다.

"학교는 좋은 곳이지."

홈리스가 말한다.

"좋긴 뭐가 좋아요."

"좋잖아. 아무 걱정 안 해도 되고."

나는 고개를 끄덕인다. 홈리스의 의견에 동의하는 게 아니라 귀찮아서 그렇게 한다.

홈리스와 대화를 나누는 도중 밥을 퍼 주던 아저씨가 이쪽을 유심히 보는 걸 알아차린다. 왜 그러는가 싶어 마주 보니 딴청을 피운다.

나는 왜 이렇게 인기가 많을까. 필요할 때는 코빼기도 비추지 않던 인간들이 느닷없이 미쳐서 단체로 나한테 스포트라이트를 내리쏘고 있는 기분이다.

식판을 절반 정도 비우고 자리에서 일어난다. 더 이상 배가 고프지 않다. 홈리스가 한쪽 눈썹을 쓱 올린다.

"다 먹었냐?"

"네."

"가려고?"

"가려고요."

그걸로 끝이다. 홈리스는 나를 따라 일어날 기색이 없다. 이건 좋은 일이다. 후각이 마비됐는지 이제 악취는 맡을 수 없지만, 아무튼 진을 빼는 대화에서 해방된다는 생각에 홀가분하다.

식판을 들고 잔반 처리 통에 남은 음식을 쓸어 넣는다. 홈리스는 아직도 우물거리며 여유롭게 밥을 씹는다. 그냥 갈 수도 있었는데 다시 홈리스에게 돌아가 인사한다.

"그럼, 갈게요."

홈리스는 입 안에 든 음식이 곤죽이 될 때까지 대답하지 않는다. 나는 민망하게 서서 홈리스의 대답을 기다린다.

"고맙다는 인사는 안 하냐?"

마침내 홈리스가 말한다. 고맙기는 개뿔이 뭐가 고맙다는 건지 알 수 없다. 하지만,

"고마웠어요."

내가 말한다.

"잘 가라."

홈리스가 손을 흔든다.

그러자 웃기는 일이 벌어진다. 내가 정말로 아쉬운 기분이 들었던 것이다.

공원 밖으로 나가면서 이상하다는 생각을 한다. 두 번 다시 만나고 싶지 않은 사람이지만, 그리고 혹시나 우연히 마주친다면 반갑게 다가서기보다 뒤로 피해 갈 확률이 더 큰 사람이지만, 아무튼 그런 기분이 든다.

"왜 이러는지 모르겠네."

내가 말한다.

"그럴 테지."

형이 대답한다.

공원 입구에 도착하자 생각지도 못한 사람이 기다리고 있다.

"학생."

부르는 소리에 멈춰 선다. 조금 전까지 나를 지켜보던 교회 아저씨가 앞에 서 있다. 순간적으로 움찔한다. 아저씨는 두 손을 들어 보이며 웃는다.

"겁내지 말아요. 학생한테 주고 싶은 게 있어서 기다렸어요."

"저한테요?"

아저씨가 주머니에서 명함을 꺼낸다. 교회 명함이다. 직함에 목사라고 적힌 걸 보니 이 아저씨가 목사인가 보다. 직함 밑에 케세라세라, 라고 금색으로 작게 박힌 글자가 보인다.

될 대로 돼라? 종교인이 이런 걸 잠언이랍시고 명함에 박아 넣고 다니다니. 유머 감각이 있는 목사다.

"부담 갖지 말고 언제든 찾아와요. 저녁 여섯 시에 학생 같은 아이들을 데리고 밥 먹으니까, 끼니 굶지 말고 그 전에."

케세라세라는 미리 연습해 둔 것처럼 단숨에 말을 뱉는다. 이전에도 몇 번 해 본 적 있는, 그래서 익숙한 멘트라는 게 느껴진다. 나는 알았다고 대답하고 명함을 지갑 안에 넣는다.

몇 마디 더 할 줄 알았는데 케세라세라는 바쁘게 돌아간다. 재수 없게 자기 할 말만 하고 가다니.

"어떻게 할 거야?"

형이 묻는다. 공짜로 밥을 준다니까 좋긴 한데 정확히 뭐 하는 곳인지 몰라 불안하다. 외판원이 물건을 강매하듯 오갈 데

없는 아이들을 모아 놓고 종교를 파는 곳이면 딱 질색이다.

우리 집에는 두 개의 종교가 있었다. 어렸을 때 한 주는 엄마의 손을 잡고 교회를, 한 주는 할머니의 손을 잡고 절을 나간 기억이 있다. 형이 학교에 들어갈 나이가 되자 엄마와 할머니는 주말에 나갈 곳을 스스로 선택하게 했다. 형은 아무 곳에도 나가지 않았다. 나도 그렇게 했다.

"이제 교회로 가냐?"

형이 묻는다. 내가 바로 결정하고 행동하길 바라는 듯하다. 하지만 나는 아직 아무 생각이 없다.

"일단 보자고."

잠자리를 정하기 전에 해야 할 일이 있다. 저녁에 생각해도 늦지 않을 거다.

가방을 고쳐 메고 거리에 선다. 코인로커부터 들르자고 마음먹는다. 그런데 빌어먹을 코인로커를 도대체 어디에서 찾아야 할지 전혀 감이 오지 않는다.

사실 나는 코인로커라는 게 존재한다는 것만 알고 실물을 제대로 본 적이 없다. 이용하는 사람이 없으니 무턱대고 여기저기 설치하지는 않았을 거다. 짐이 무거우면 다들 자동차를 타고 다니니까.

자동차라니.

느닷없이 화가 치민다. 인류가 만든 수만 가지 멍청한 발명품 중에 최악의 순위를 매긴다면 자동차는 틀림없이 최상위권을 차지할 거다. 기름은 기름대로 먹고 공기는 공기대로 오염시키는 깡통. 거리 소음의 주역이고 사람들이 알지도 못하는 타인을 증오하게 만드는 원인. 자동차로 얻는 이점이 손해보다 크다고 누가 감히 장담할 수 있을까?

이렇게 물으면 누군가는 인류 발전에 기여한 자동차의 거창한 역사를 읊을지도 모르겠다. 하지만 횡단보도 신호등이 빨간불이든 파란불이든 가리지 않고 달려드는 개자식들에 대해서는 결코 말하지 않을 것이다.

강철로 만든 차량 속에서 안전띠를 조여 맨 운전자는 법으로 정해진 규칙을 지키지 않아도 주제에 넘는 보호를 받는다. 그러나 신호를 따라 정직하게 길을 건너는 사람은 아무에게도 보호받지 못한다.

내가 정말로 분한 건 그런 거다. 세상이 절대 약자의 입장에서 돌아가지 않는다는 거. 불공평하게도, 보행자를 치었을 때 자동차를 운전하는 사람이 죽을 확률은 거의 없다.

말도 안 되는 일이지.

지난 몇 년간 나는 반복해서 그런 생각을 했다.

"그런 생각을 해서 뭐 해?"

형이 말한다.

"죽은 사람은 죽은 채로 남아 있는 거야."

"형이 그런 말을 하니까 이상한데."

"그냥 그렇다는 거지."

길을 걷는다. 걷는 것만이 유일하게 할 수 있는 행동인 것처럼 걷는다. 머리가 깨질 것 같다. 어느새 코인로커 따위는 깡그리 잊어버렸다.

그러다가 문득, 길가에 서 있는 공중전화 부스를 보고 걸음을 멈춘다. 이 도시 어딘가에 19번이 있을지도 모른다고 생각하니 복잡했던 마음이 조금 가라앉는다.

19번은 말보다 주먹을 신뢰하고 주먹보다 발을 자주 쓰는 여자아이였다. 그런 애가 왜 이렇게 기억에 깊게 박혀 있는지 모르겠다. 19번과 짝이 되자 나는 당시 반에서 유행처럼 번지던 유치한 장난을 시도했다. 책상 위에 금을 긋고 냉혹한 영역 다툼을 시작했던 것이다.

처음에는 내가 금을 넘어온 19번의 연필이나 지우개같이 시시한 걸 빼앗으면서 가볍게 승기를 쥐는 듯했다. 그러나 곧 19번이 금을 넘어간 내 가방과 신발을 획득하면서 피 말리는 전투의 서막을 알렸다.

우리는 일주일이 넘도록 그 짓을 계속했다. 담임이 나서서 모든 걸 쓸어 버리지 않았다면 한 달이 채 되지 않아 서로의 소지품을 몽땅 교환할 뻔했다. 마지못해 먼저 사과했던 게 나였나,

아니면 19번이었나.

"뭐라고 할 건데?"

형이 공중전화 부스에 상체를 기대며 묻는다. 나는 부스 안에 설치된 전화기를 노려보고 서 있다.

뭐라고 할 건데?

19번과 나는 이제 열아홉 살이다. 아무 생각 없이 서로의 머리통을 후려갈길 수 있는 나이가 아닌 것이다. 나는 대화를 주도하는 데 소질이 없다. 차라리 전봇대와 이야기하는 게 나을 거다.

"날씨 얘기부터 하자고."

형이 말한다.

"날씨?"

"그럼 개랑 뭔 얘기를 할 거야. 날씨 얘기를 해. 날씨야말로 만국 공통의 화젯거리 아니겠어?"

형이 되는대로 지껄인다.

날씨, 날씨라.

멍청하게 들리지만 왠지 그럴듯하다. 마음을 다잡고 공중전화 부스 안으로 들어간다. 주머니에 동전이 없을 수도, 전화를 했는데 받지 않을 수도, 잘못된 번호라서 이상한 사람이 연결될 수도 있다. 수만 가지 경우의 수를 따져 본다.

그러나 나는 지갑 속에 쑤셔 박힌 동전을 꺼내 들고, 몇 번의 통화음 끝에 상대의 목소리를 듣고, 곧이어 그것이 19번의 목소리라는 걸 확신한다.

"여보세요."

"아, 여보세요."

"네, 여보세요."

"여보세요."

뭐 이런 미친놈 같은 대화가 있지.

"누구세요?"

결국 19번이 먼저 말머리를 튼다. 나는 마른침을 삼키고 수화기를 고쳐 잡는다.

"어, 오랜만이야. 날 기억할지 모르겠는데."

19번은 아무 말도 하지 않는다. 적당한 때를 골라 이름을 말하려고 했는데 19번이 가만히 있으니 적당한 때가 언제인지 도무지 알 수가 없다.

"요즘 날씨 좋지……?"

결국 나는 빌어먹을 날씨 이야기를 꺼낸다. 누군가 갑작스럽게 큰소리를 지르고 난 후 어색하게 찾아든 정적처럼 아무도 말을 하지 않는다.

그러더니 조금 뒤에 19번이 지옥에서 튀어나온 것같이 화를 낸다.

"이 변태 새끼야. 다시는 전화하지 말랬지?"

"어?"

"내가 너 못 찾을 것 같아? 한 번만 더 전화하면 반드시 찾아내서 패 죽일 줄 알아!"

19번의 전화번호를 누르기 전에 여러 가지 상황을 떠올려 봤지만 이런 건 예상하지 못했다.

나는 "어, 그, 저," 하고 더듬으며 어떻게든 해명하려고 한다. 하지만 19번은 총천연색으로 빛나는 화려한 욕설을 퍼부으면서 나에게 말할 기회를 주지 않는다.

"이쯤 되면 욕도 문학이지. 메모하지 못하는 게 아쉽다."

형이 중얼거린다. 나는 수화기에서 귀를 떼고 19번이 지치기를 기다린다.

"끝났어?"

내가 묻자 19번이 소리를 지른다.

"야!"

"잠깐, 진정하고 들어 봐. 다른 사람이랑 착각한 거 아냐?"

"뭐?"

그제야 나는 내가 누구인지 밝힌다. 우리는 초등학교 동창이다. 내가 네 짝이었다. 금 긋고 싸우던 거 기억하냐. 기타 등등. 기타 등등.

19번은 한참 동안 말을 하지 않는다. 이쪽을 기억하지 못한다고 해도 아쉬울 건 없다. 별로 기대하지 않았으니까. 사실 다른 사람이 들었어야 할 욕을 머리가 멍해질 정도로 얻어먹고 난 뒤부터는 아무 생각도 들지 않는다.

"미안. 기억이 안 나."

마침내 19번이 대답한다. 나는 작게 한숨을 쉰다.

"괜찮아. 시간이 많이 지났으니까. 나도 잡지에서 보고 생각났던 거야."

"잡지?"

"그래."

19번은 잠시 생각하는 듯 음, 하는 소리를 낸다.

"아! 그 학생복 입고 찍은 사진?"

"맞아."

"그거 봤구나. 오래전에 찍은 거라 이제 알아주는 사람도 없는데. 근데 우리 집 전화번호는 어떻게 알았어?"

초등학교 동창 모임까지 쑤시고 들어가서 알아냈다고 하면 무시무시한 일이 벌어질 것 같다.

"잡지에 실려 있더라고."

"그랬구나."

겨울바람 같은 침묵이 떨어진다. 누군가 먼저 그랬구나, 하고 말을 멈추면 더 이상 너랑은 할 말이 없다는 뜻이다.

나는 가만히 서서 어떻게 하면 덜 어색하게 전화를 끊을 수 있을까 고민한다. 그런데 19번이 의외의 말을 꺼낸다.

"만날래?"

"응?"

"거기가 어딘지 모르겠지만 근처면 한번 보자. 그럼 뭔가 기억이 날 것 같아. 목소리가 귀에 익거든. 언제 시간 돼?"

내가 사춘기를 건너면서 가장 많이 바뀐 게 목소리다.

"아무 때나 괜찮아. 근데 그래도 되겠어?"

"뭐가?"

나는 숨을 들이쉬면서 적당한 어휘를 고른다.

"날 너무 쉽게 믿는 거 아냐?"

이렇게 묻자 19번은 말이 없다가 기습처럼 되묻는다.

"내가 너 때린 적 있나?"

"응?"

"어디 불구 되거나 뭐, 그랬어?"

나는 사레들려서 제대로 대답하지 못한다. 기침이 무섭게 쏟아진다.

"아니야. 좀 맞았던 거 같기는 하지만."

"그거 복수할 생각입니까?"

"……전혀 아닙니다."

"아무 문제 없네."

19번이 상쾌하게 정리한다.

"그러면 네가 이쪽으로 와. 전철역에서 보는 거 어때?"

"좋아."

"내일 점심?"

"내일 점심."

"역 앞에 분수대 큰 거 하나 있으니까 열두 시에 거기서 보자."

나는 알겠다고 하고 전화를 끊는다.

19번의 목소리는 시원시원하면서 여유롭고 어딘가 어른스럽다. 내가 알던 어린애는 더 이상 아니겠지. 19번이 날 기억할 수 있을까.

"기억하면 어쩔 건데?"

형이 묻는다.

"뭘 어째. 그냥 기억하는 거지." 내가 대답한다. "기억한다는 건 중요한 거니까."

"그러시겠지."

공중전화 부스 안에서 거리를 본다. 수많은 사람이 각자 자기만의 길을 찾아 바쁘게 오가는 중이다.

이제 나에게도 그들처럼 길이 생겼다. 적어도 내일 정오까지는 하나의 계획이 생긴 것이다. 그것만으로도 여행길이 환해지는 기분이다.

괜히 들뜨지 마. 그 정도로 신이 날 만한 일은 아니야. 차가운 이성이 한없이 부풀어 오르는 마음을 붙잡아 매려 한다.

그래도 어쩌겠어? 내가 그렇게 느낀다는데.

3

괴물들이
설치고 다니는

터프한 나라

코인로커를 찾았다. 간단한 일이었다. 규모가 큰 대형마트 입구로 들어가자 환영이라도 하듯 코인로커가 길게 늘어서 있었다. 여기에 있는 코인로커는 여행할 때 쓰라고 만든 게 아니지만, 쓰는 사람 마음이니까.

구석에 자리 잡은 코인로커 앞으로 가서 그때까지 어깨를 짓누르고 있던 개자식을 떨쳐 낸다. 가방 안에 넣은 거라고는 비닐 안에 든 돈다발과 옷 두 벌, 그리고 세면도구 정도밖에 없는데도 엄청나게 무겁다. 가지고 올까 고민하다가 포기했던 다른 물건들이 생각난다. 그것까지 죄다 넣고 왔으면 여기로 오기 전에 어깨가 부서졌을 거다.

가방에서 미리 빼 둔 세면도구와 수건을 들고 화장실로 향한다. 길바닥에서 잠을 잤기 때문에 꼴이 말이 아니다. 옷은 손으로 부지런히 털어서 그런대로 봐 줄 만하다. 얼굴과 머리만 어떻게 하면 된다.

세면대 앞에 서서 주위를 살핀다. 다행히 사람이 한 명도 없다. 마주치는 사람마다 이 지저분한 놈은 뭐야, 하는 눈길로 훑어보고 지나가는 게 슬슬 신물이 나고 있다.

거울을 보며 양치부터 시작한다. 혹시나 하는 마음에 인중을 늘리고 얼굴을 살폈지만 수염은커녕 솜털 비슷한 것도 보이지 않는다.

"쓸데없는 짓 하기는."

세면대 위에 걸터앉은 형이 코웃음을 친다.

형은 수염이 근사하게 자라는 남자였다. 말끔하게 면도를 마치고 오면 파르스름한 흔적이 액세서리처럼 빛났다.

하긴, 호감이 가는 외모가 아니었다면 형한테 그처럼 많은 사람이 꼬이지도 않았겠지. 형은 이성은 물론 동성에게도 인기가 좋았다. 나와는 그런 점에서 완전히 달랐다.

내게는 타인을 향한 관심도, 함께하고 싶은 의지도 별로 없었다. 나는 학교를 누구보다 증오하면서도 그럴듯한 학생의 역할에만 충실히 임했다.

형과 나는 경쟁하듯 서로의 인생을 극단으로 몰아갔다. 형이 사회에서 정해 놓은 틀에서 멀어지면 나는 좀 더 견고해지는 식이었다. 왜 그랬는지 모르겠다. 그냥 그때는 그것이 일종의 역할극처럼 서로에게 당연한 대비라고 여겼다.

더 이상 그럴 필요가 없어질 때까지 나는 형의 반대편에 서있는 입장을 고수했다. 누군가로부터 칭찬을 받고 싶다거나 어떤 신념 때문에 그렇게 한 것은 아니었다.

무엇 때문에 그랬을까.

"이유가 뭐였지?"

남의 일을 묻듯 형에게 묻는다.

"철이 덜 들어서 그런 거지."

형이 대답한다.

양치를 끝내고 따로 챙겨 온 비누를 사용해 얼굴을 씻는다. 대형마트 화장실 같은 곳에서 세안을 하고 있자니 우스운 기분이 든다. 세면대가 허리보다 약간 위에 있었기 때문에 머리를 감기 위해서는 보다 많은 시간을 들여야 했다.

어렵게 양치와 세안, 머리 감기를 끝내고 고개를 든다. 거울속에 제법 깔끔한 모습을 한 내가 보인다. 얼굴을 돌려 가며 더 씻어야 할 곳이 있는지 살핀다. 형이 질린다는 표정으로 세면대 위에서 내려온다. 만족스럽게 화장실 밖으로 나간다.

대형마트 곳곳에 설치된 스피커에서 오후의 할인 행사를 알리는 안내 멘트가 끊임없이 흘러나온다. "이 기회를 절대로 놓치지 마세요!" 처음에는 무시할 수 있었지만 반복해서 듣다 보니 뇌에 구멍이 날 지경이다. 기회를 놓치지 말라니. 도대체 이 따위 한심한 표현을 처음 만든 작자는 누구일까.

놓칠 수 없는 기회. 그런 건 없다. 어떤 엄청난 기회가 인생의 문턱에 찾아왔다고 해도 우리는 한참의 시간이 흘러서야 비로소 그것이 기회였음을 깨닫는다.

기회라는 건 분석된 결과다. 조용한 곳에 앉아 곰곰이 머릿속으로, 언어로, 문장으로 정리해 보기 전까지는 아무도 그것을 기회였다고 말하지 않는다. 기회라고 생각했던 순간이 진짜인지 가짜인지는 모든 것이 끝난 뒤에나 판단할 수 있는 것이다. 돌이켜 보니 그때 그게 기회였지, 하고.

기회는 무의미한 사후 평가에 불과하다. 그런데도 수많은 사람이 마치 그것을 미리 알아차리고 잡을 수 있는 것처럼 목을 맨다. 반드시 잡아야 하는 기회의 이면에는 언제나 끈적이는 속임수의 늪이 도사리고 있다.

이번이 기회야. 이런 착각에 빠져서 안절부절못하다가 불행한 결말을 맞게 된 사람을 나는 수도 없이 보았다. 당장에 아무 뉴스나 봐도 쏟아져 나오는 게 그런 사람들이다. 사기 결혼을 당한 사람. 주식을 잘못 사서 파산한 사람. 도박으로 회사의 공금을 날린 사람.

"그리고 아버지가 있지."

형이 말한다. 나는 형의 말을 무시한다.

세면도구를 코인로커 속 가방에 도로 넣은 뒤 지갑 안에 약간의 돈을 담고 대형마트 출구를 향해 걷는다. 안내 멘트는 어느 순간부터 빠르고 경쾌한 음악으로 바뀌어 있다. 이제 조금씩 손님이 몰려드는 모양이다.

걸어가면서 음악에 귀를 기울인다. 대형마트에서 틀어 주는 유행가를 듣는 게 아니라 거기에 섞인, 어딘가 신경에 거슬리는 다른 소리에 집중한다.

누군가 노래를 하고 있다. 불협화음은 가까운 데서 들린다. 걸음을 멈추고 소리가 들려오는 방향을 본다.

웬 중년 남자가 출입구 근처 바닥에 앉아서 통기타를 튕기는 중이다. 넥타이까지 맨 정장 상의에 펑퍼짐한 카고 바지. 신발은 등산화처럼 투박한 걸 신었다.

이 기묘한 패션 감각의 소유자는 어울리지 않게 피곤한 얼굴이다. 버스나 지하철 같은 곳에서 멀쩡한 모습으로 만났다면 틀림없이 지친 가장의 얼굴이라고 생각했을 것이다. 왜 굳이 이런 자리에서 노래를 하고 있는지 의문이다.

몇몇 사람이 걸음을 멈추고 남자 앞에 서서 노래를 듣는다. 나는 달리 할 일이 없기도 하고 파격적인 행색을 한 남자의 노래에 흥미가 생겼기 때문에 사람들 틈에 끼어든다.

"나는 싫다, 나는 싫어, 너의 미소가 싫어. 나는 싫다, 나는 싫어. 너의 반지가 싫어. 나는 싫다, 나는 싫어, 너의 목소리가 싫어. 아아, 너는 참 싫은 사람!"

저절로 싫어지는 노래다. 서 있는 사람들은 남자의 음악이 좋아서 듣는 게 아니라 어떻게 이따위 파괴적인 노래가 존재할 수 있는지 궁금해서 계속 듣는 것 같다.

노래는 너무 길다. 그 긴 구간에 좋다고 느껴지는 부분이 단 한 소절도 없다. 남자의 미치광이 같은 공연이 끝났을 때 자리에 남아 있는 사람은 형과 나 둘뿐이었다.

"꼬맹아. 노래가 마음에 드니?"

남자가 손가락으로 정확히 나를 가리키면서 물었기 때문에 못 들은 척할 수가 없다.

"병신 같아요."

나는 정직하게 대답한다.

"예술은 원래 그런 거야. 한 곡 더 들을래?"

남자는 내가 미처 뭐라고 하기도 전에 다시 기타를 잡는다. 악마가 부르짖는 것 같은 두 소절이 지나고 난 뒤 더는 못 견디겠다는 듯 어디선가 마트 경비들이 튀어나와 남자에게 달려든다.

"여기서 뭐 하시는 겁니까? 나가세요!"

남자는 경비들에게 붙잡혀 대형마트 바깥으로 끌려 나간다. 남자에게 동정심을 느낀 건 아니지만 어쨌든 나도 남자를 따라

밖으로 나온다.

"음악이라고는 쥐뿔도 모르는 새끼들이."

남자가 투덜거린다. 경비들은 들은 척도 하지 않고 손을 털며 돌아간다.

"장르가 뭐예요?"

남자에게 묻는다. 남자는 그제야 내가 따라 나온 걸 확인했는지 흠칫 놀라는 기색이다.

"어, 뭐야. 역시 내 음악이 마음에 들었구나?"

"장르가 뭔데요?"

"장르는 없다."

"그럴 줄 알았어요."

"뭐가?"

"장르가 없을 줄 알았다고요."

남자는 기타를 어깨에 짊어진 뒤 길게 한숨을 내쉰다. 땅바닥이 지구의 핵까지 떨어져 내릴 것 같은 종류의 한숨이다.

"장르는 세상이 정한 틀이야, 꼬맹아. 체재에 얽매이지 마라."

"꼬맹이 아닌데요."

"그럼 뭔데?"

대답이 궁색해서 입을 다문다. 근처의 벽에 기대고 선 형이 물끄러미 이쪽을 본다.

남자가 다시 한숨을 쉰다.

"됐다, 가 봐라."

나는 가지 않는다. 적어도 내일 정오까지는 갈 곳이 없다. 남자와 대화를 이어 가고 싶은 욕심도 든다. 묘한 일이다. 여태까지는 나에게 관심을 갖는 사람을 피하려고 했는데, 정작 원하는 상황이 되자 이번에는 내가 다른 사람에게 관심을 갖는다.

"뭐 더 묻고 싶은 게 있나 본데?"

내가 버티고 서 있자 남자가 말한다. 별로 묻고 싶은 건 없다.

"아까 부른 노래 있잖아요. 그거 무슨 내용이에요?"

생각나는 대로 아무거나 물어본다. 제대로 된 질문이었는지 남자가 반가운 기색을 한다.

"떠나간 연인에 대한 노래지. 난 돌싱이거든."

"돌싱이 뭔데요? 돌아이 싱어?"

"돌아온 싱글. 이혼남. 근데 너는 말하는 게 참 싸가지가 없구나."

남자는 아까보다 더 피곤해 보인다. 일시적으로 그러는 것 같지는 않다. 너무 오래 피로에 찌들어서 그대로 몸에 붙은 듯한 인상이다.

"인생은 짧아."

남자가 불쑥 말한다.

"하고 싶은 일만 하면서 살기에도 너무 짧아."

나는 남자의 말이 옳다고 생각한다.

"그래서, 아저씨가 하고 싶은 일이 이거예요? 대형마트에서 노래하는 거?"

"나는 스타가 될 거다."

남자가 농담하는 기색도 없이 말한다.

"지미 헨드릭스나 재니스 조플린 같은 최고의 뮤지션이 될 거야."

"둘 다 서른도 못 돼서 죽었잖아요."

"시드 비셔스도 괜찮아. 살기에는 너무 방탕하고, 죽기에는 너무 어리다."

남자가 덧붙인 말은 시드 비셔스가 남긴 유명한 말이다. 예전에 주워들었는데, 솔직히 나는 아직도 그게 무슨 뜻인지 모르겠다. 이렇게 말한 시드 비셔스도 서른이 되기 전에 죽었다.

"그 사람도 마찬가지예요."

남자는 고개를 끄덕인다. 자신이 언급한 뮤지션을 내가 모두 알고 있어서 흡족한 듯하다. 남자에게는 미안한 말이지만 나는 그냥 알고 있을 뿐이다. 유명한 뮤지션들의 일대기를 자기 인생처럼 꿰고 있는 친구와 대화하며 얻은 지식이다.

"음악 좋아하냐?"

"전에 자주 들었어요."

"요새는 안 들어?"

"네."

"왜 안 듣는데?"

"바빠서요."

남자는 나와 음악에 대한 이야기를 하고 싶어 한다.

"유행가에 대해서는 어떻게 생각하지?"

"좋은 건 좋고 나쁜 건 나쁘죠."

나는 아무렇게나 대답한다.

"나는 발라드가 좋다."

"의외로 대중적이시네요."

남자가 다시 고개를 끄덕인다. 내가 하는 말을 듣고 그러는 게 아니라 습관적으로 그러는 것 같다.

"대중적이라는 건 다수의 취향을 존중한다는 뜻이고, 겸손한 예술가는 다수의 취향을 무시하지 않는 법이지. 배고프지 않냐?"

겸손한 예술가는 어울리지 않는 두 개의 문장을 묶어서 한 호흡에 뱉는다. 갑자기 생각났다고 해서 공간을 두고 띄어서 말하지 않는 사람이다.

"근처에 내가 아는 밥집 있어. 따라와라."

내가 대답하지도 않았는데 남자는 곧바로 식당을 향해 걷는다. 거절할 이유가 없다. 나도 남자의 뒤를 따른다.

남자는 걸어가면서 계속 나에게 말을 붙인다. 대부분 음악에 관한 이야기다. 나는 음악에 대해 진지하게 생각해 본 적이 없기 때문에 그냥 네, 아니오, 정도로만 대답한다.

"사람들이 왜 싸우는 줄 아냐?"

"왜요?"

"음악을 안 들어서 그래."

"설마."

"식물도 클래식을 들으면서 자라면 더 건강하게 자란다는 거 몰라?"

"근거 없는 이야기잖아요. 아저씨가 하는 게 클래식도 아니고."

"내가 하는 음악은 장르가 없지."

남자가 자랑스럽게 말한다.

"왜 장르가 없어요?"

"왜 장르가 있어야 하는데?"

나는 말문이 막힌다.

"어, 음악의 방향이라든가, 뭐 그런 걸 바로잡기 위해서?"

"웃기는군."

얼마 걷지 않아 남자가 들어선 곳은 식당이라고 부르기 민망할 정도로 부서져 가는 낡은 가게다. 손님은 없다. 분명히 문이 열리는 소리를 들었을 텐데 조리대에서 대파를 다듬고 있던 아줌마는 우리를 쳐다보지도 않는다.

남자는 구석에 놓인 식탁 앞에 익숙한 태도로 앉는다. 나는 남자의 맞은편에 앉아서 벽에 걸린 메뉴판을 올려다본다. 똑같은 가격표를 단 몇 개의 찌개 종류가 있다. 비싸지도 않고 싸지도 않다.

뒤늦게 따라 들어온 형은 이번에도 뒤쪽 테이블에 등을 지고서 모르는 사람인 척 앉는다. 삶의 일부나마 공유해 본 적이 없는 우리에게는 익숙한 구도다.

"주문 안 해요?"

"그럴 필요 없어."

과연 주문하지도 않았는데 아줌마가 찌그러진 냄비 두 개를 거칠게 가스레인지 위에 올린다. 뭔지는 모르겠지만 아무튼 남자가 올 때마다 먹는 찌개인가 보다.

"20년 된 가게야. 나름대로 전통 있는 곳이지."

한 손으로 턱을 괴고 남은 손으로 식탁 위를 두드리며 남자가 말한다.

나는 낙서로 지저분한 벽을 새삼스럽게 훑어본다. 여기 어딘가에 내 나이보다 많이 먹은 낙서가 있다고 생각하니 왠지 까마득한 느낌이다.

"예전에는 고약한 할머니가 주인이었어. 결혼하기 전에 밴드 활동을 했다는데, 대단한 보컬리스트였대."

나는 피식 웃는다. 할머니가 하얀 머리카락을 휘날리며 열정적으로 노래하는 광경이 떠올랐기 때문이다. 남자는 웃지 않는다.

"그때부터 내가 음악을 했으면 할머니한테 한 수 배우는 거였
는데. 그럼 아마 서른이 되기 전에 죽었겠지?"

"커트 코베인처럼요?"

"그래. 짐 모리슨처럼."

남자와 대화하는 사이 아줌마가 찌개를 들고 와서 식탁 위에
거칠게 올려놓는다. 김치찌개인지 뭔지 헷갈리는 찌개다. 밑반
찬이라고는 가여울 정도로 바짝 튀겨진 멸치 몇 조각이 전부다.
아마 그래서 음식이 이렇게 빠르게 나왔겠지만.

"죽어서 전설이 되면 뭐 해요. 죽었는데."

찌개를 한 숟가락 떠서 입에 넣는다. 생김새만큼 맛도 김치찌
개인지 뭔지 헷갈린다. 그래도 정체불명의 요리치고는 먹을 만
하다. 나는 입이 데지 않도록 조심하면서 숟가락을 놀린다.

남자는 밥그릇을 앞에 두고 가만히 앉아 있다. 옆에 통기타가
담긴 케이스를 만지작거리며 예의 그 피곤해 보이는 표정으로
뭔가 골똘히 생각하는 중이다.

"사연이 있어 보이네."

형이 혼잣말처럼 중얼거린다.

"사연은 누구에게나 있어."

내가 대답한다.

남자는 한참 동안 그렇게 있더니 마치 난생처음 보는 물건을

대하듯 서먹하게 숟가락을 잡는다. 나는 밥을 먹으면서 곁눈질로 남자의 행동을 살핀다.

"나는 의사였다."

문득 뭔가 떠오른 사람처럼 남자가 입을 연다. 남자의 말이 이해되기까지 조금 시간이 걸린다.

부지런히 움직이던 숟가락을 내려놓고 남자의 얼굴을 본다. 겸손한 예술가에게는 사연이 있다. 그게 뭔지는 모르겠지만, 그런 사연은 아무에게나 말하지 않는 법이다.

그러나 말하지 않은 이야기는 독이 되어 몸속 깊숙이 자리 잡는다. 그걸 완전히 잊기란 불가능하다. 몇 년 동안 생각조차 하고 있지 않다가도, 어느 순간 먹이를 잡아채는 뱀의 이빨처럼 평범한 일상으로 파고들어 와 날카로운 상처를 남긴다.

그래서 때로는 누구라도, 어느 누구라도 다른 사람을 붙잡고 자신의 이야기를 털어놓고 싶어질 때가 있는 것이다.

"의사요? 사람 병 고치는 의사?"

남자는 고개를 끄덕인다. 내가 묻기 전부터 그러고 있었으니 질문에 대한 대답은 아닐 거다.

"무엇이 문제였는지 모르겠다. 결혼을 하고, 아이를 낳고, 돈을 벌었어."

남자가 말한다.

"이상한 일이지. 괜찮은 삶이었는데, 분명 행복해야 하는 삶이었는데, 가끔은 이게 다 뭔가 하는 생각이 드는 거야."

이게 다 뭔가. 그런 기분을 이해할 수 있을 것 같다. 정신을 차리고 보니 정체를 알 수 없는 기괴한 장소에 홀로 내던져진 듯한 기분.

"나는 견딜 수가 없었다."

남자는 거기서 말을 끊고 밥을 먹는다.

나는 뭐가 그렇게 견디기 어려웠는지 묻지 않는다. 남자의 이야기를 온전하게 들으려면 의사와 뮤지션 사이의 거리만큼이나 먼 길을 걸어가야 한다.

"학교는 왜 안 갔냐?"

타서 비틀어진 멸치를 어렵게 씹으며 남자가 묻는다.

"방학이에요."

"거짓말하지 마."

"그냥 안 갔어요. 귀찮아서."

"학교는 양들을 지키는 울타리야."

남자가 테이블 위에 손가락으로 동그라미를 그린다.

"그래서 다들 학교라면 진저리를 치지만, 막상 거기를 떠나라고 하면 겁을 먹지. 학교 바깥으로 나가면 잡아먹힐지도 모르거든."

나는 학교를 떠났다. 한동안 학교를 떠나지 않았던 건 남자의 말처럼 그곳이 안전하다고 여겼기 때문은 아니다.

학교도 바깥의 세상과 별로 다르지 않다. 학교와 사회. 어느 쪽이 힘드냐고 물으면 누구라도 현재 내가 있는 곳이라고 대답할 것이다.

언젠가 아버지가 술을 마시지 않고 집에 온 적이 있다. 어쩐 일인가 싶어 공연히 눈치를 보는데, 조용히 방에 앉아 있던 아버지는 잠시 후 냉장고에서 소주 한 병을 꺼내며 나를 불렀다.

그리고 하는 말이, 오늘 누군가에게 아주 우스운 이야기를 들었다는 것이다. 아버지는 술을 한 모금 마시고 곧바로 들은 이야기를 털어놓았다.

어떤 사람이 일 때문에 비행기를 탔다가 추락한다. 비몽사몽 깨어난 곳은 사방이 바다로 덮인 외딴섬이다. 주위를 둘러보니 식인종 무리가 생존자들을 포위하고 하나씩 잡아먹고 있다.

깜짝 놀란 사람은 옆에 기절한 승객을 흔들어 깨우며 이것 보시오, 큰일 났소. 지금 사방에서 사람들이 서로 잡아먹고 있소, 라고 말한다. 그러자 기절했던 승객이 일어나면서 하는 말이, 아니 그깟 게 뭐 그리 대수요?

아버지는 거기까지 말하고 한참 웃었다. 나는 아버지의 이야기가 웃기지 않았다. 어디로 가든 마찬가지란 말이야. 형은 그렇게 말했다. 식인종 무리로 가득 찬 섬처럼, 벗어날 수 없는 감옥에 갇힌 기분이 들었다.

괴물은 어디에나 있어. 아버지가 말했다.

어디에나 괴물이 있어.

"터프한 나라야."

남자가 말한다. 나는 적당한 대답을 찾지 못해 그냥 난처하게 웃는다.

아버지에게는 괴물들의 세상이고 겸손한 예술가에게는 터프한 나라다. 나의 세계는 그 중간 어디쯤에 있을 것이다. 괴물들이 설치고 다니는 터프한 나라.

"노래 가사로 쓸 수 있겠네요. 터프한 나라. 터프한 세계."

"그래."

남자는 잠시 말이 없다. 지금 들은 말을 머릿속에 새기려는 것 같다. 그럴 때는 간단하게 메모라도 하면 좋을 텐데.

"아저씨는 노래에 소질이 없어요."

남자에게 말한다. 남자는 덤덤한 표정으로 "알아." 하고 대답한다.

"알면서 무슨 스타가 된다고 그래요?"

"우리 딸이 벌써 일곱 살이다."

"예?"

나는 할 말을 잃는다. 남자는 계속 말한다.

"우리 딸이 벌써 일곱 살이라고."

"그래서요?"

"나는 아내를 찾아가지 않아. 그래서 딸아이가 어떻게 커 가는지도 모르겠어. 가끔 통화하는데, 걔가 누구를 제일 좋아하는지 아냐? 첫 번째가 엄마고 두 번째가 아이돌이래."

겸손한 예술가의 말은 어처구니가 없다. 애들이 아무렇게나 매기는 순위에 무슨 의미가 있다고.

내가 어릴 적에는 우리 집 앞에 있는 하수도를 세상에서 두 번째로 좋아했다. 하수도 뚜껑을 열고 안으로 들어가면 여기와 전혀 다른 세상이 펼쳐질 거라고 믿었기 때문이다.

"뭐 그런 하찮은 이유로 스타가 된다고 그래요? 예술에 대한 모독 아니에요?"

"뭘 모르는구나. 이런 신파가 대중한테 먹히는 거야."

겸손한 예술가는 과연 다수의 취향을 잘 파악한다. 본인의 실력도 잘 파악하면 좋겠지만.

아저씨는 성공 못 해요. 나는 굳이 그런 말을 해서 남자의 심기를 불편하게 만들지 않는다. 어쨌든 남자가 밥을 사니까.

"이거 네가 사는 거지?"

"아저씨가 사는 거 아니었어요?"

"왜?"

"보통은 이런 데 먼저 오자고 한 사람이 사잖아요."

남자가 웃는다. 여전히 피곤해 보이지만 어쩐지 한결 낫게 느껴진다.

"그래, 그렇다면 내가 사야지."

나보다 늦게 식사를 마친 남자가 통기타 케이스를 어깨에 걸치고 일어선다. 아줌마는 끝까지 한마디도 하지 않고 남자가 내민 돈을 받아 쥔다. 귀가 들리지 않는 사람일지도 모른다. 어쨌거나 직접 말을 붙여 보지 않는 이상은 알 수 없는 일이다.

식당 바깥으로 나와서, 우리는 각자 다른 방향으로 가기 위해 거리에 선다. 남자는 집으로 갈 거라고 했다.

"넌 어디로 가냐?"

"모르겠어요."

"짐작은 했다만, 가출?"

"그런 건 아니고 여행 중인데 딱히 정해 놓은 곳이 없네요."

"원래 그런 거야."

남자가 턱을 쓰다듬으면서 허공에 시선을 던진다.

"딱히 정해 놓은 곳 없이 떠나는 게 여행이지."

"그래요?"

"그래. 하지만 그러다 보면 분명히 도달하는 곳이 있을 거야. 목적이 없는 걸음은 없는 법이니까."

나는 어깨를 으쓱한다.

"그럼 이별이로군."

남자가 말한다. 괜찮은 단어가 많은데 하필 이별같이 낯간지러운 말을 꺼낸다. 나는 악수라도 청할까 하다가 관둔다. 그냥 돌아서서 가기로 마음먹는다.

말로 하는 인사 대신 남자가 손을 들고 방정맞게 흔든다. 뮤지션 지망생이자 전직 의사치고는 섬세하지 못한 동작이다. 나도 남자에게 손을 흔들어 주려다가 문득 멈춘다. 머릿속에 순간 떠오르는 게 있다.

내가 말한다.

"아저씨는 죽으려고 하는군요."

"뭐?"

"스타가 되고 싶은 게 아니라, 스타가 되어서 죽고 싶은 거예요."

남자는 말이 없다. 내가 괜한 말을 하는 게 아닌가 싶어 점점 자신이 없어지지만, 그래도 끝까지 말하기로 한다.

"서서히 사라지는 것보다 한순간에 불타 없어지는 게 낫다."

"커트 코베인."

너바나의 리드 보컬이자 기타리스트였던 커트 코베인은 엽총으로 자신의 턱을 쏴서 자살했다. 그가 남긴 유서에 그런 말이 적혀 있었다.

"아저씨는 커트 코베인이 아니에요. 그러니까 불타 없어지더라도 이 세상한테는 아무런 상관이 없는 거예요. 아무도 아저씨가 사라졌다는 걸 모르겠죠. 살기에는 너무 방탕하고, 죽기에는 너무 어리니까."

남자가 소리 없이 웃는다.

"네 말이 맞을 수도 있고 아닐 수도 있지."

나는 잠시 공백을 두고 말을 받는다.

"맞을 수도 있고 아닐 수도 있다. 언젠가 그것도 가사로 쓸 수 있겠네요."

"그래. 언젠가, 지금보다 나은 때에."

남자가 고개를 끄덕인다. 이제 남자의 말처럼 이별을 할 시간이다.

"다시 만날 것 같지는 않구나." 남자가 말하고, "모르죠. 워낙 좁은 세상이라." 나는 늙은이 같은 소리를 한다.

이 정도면 훌륭한 마무리다. 남자는 등을 돌리고 걷는다. 나는 남자와 반대 방향으로 걸음을 뻗는다.

"누구든 저 남자를 기억해 줄 거라는 확신만 있었다면 미련 없이 목숨을 끊었을 수도 있지."

형이 말한다. 나는 사람이 그렇게 쉽게 스스로를 버릴 수 있다고 믿지 않는다.

그러나 자신의 마음속에서는 이미 몇 번이고 죽어 없어진 사람들이 많다는 걸 안다. 그런 일이 반복되고 조금씩 쌓이다 보면 언젠가는 현실로 닥쳐오고 말 것이다. 이 사람은 죽을 것이다. 아니, 이 사람은 죽지 않을 것이다. 그러니까 이런 구분은 불가능하다. 누구라도 당장에 죽을 수 있다.

살 수 있다.

"어쨌거나 저 아저씨가 형편없는 뮤지션이라서 다행이야."
내가 말한다. 형이 동의한다.

4

누군가는
무언가를

찾아야만 해

어떤 날은 좀처럼 일이 잘 풀리지 않는다. 코인로커로 돌아간 게 시작이었다. 망할 놈의 열쇠가 어디로 갔는지 도무지 찾을 수가 없었다. 혹시나 해서 속옷 안쪽까지 털었지만 몽땅 허사였다.

아침부터 움직인 방향을 따라 두 시간 동안 샅샅이 뒤지고 다녔다. 인내심이 한계에 이를 때쯤 바지 뒷주머니에 넣어 둔 열쇠가 잡혔다.

"병신 새끼."

"일진이 사나운데."

사나운 일진은 거기서 끝나지 않았다. 구경이라도 하며 시간을 보낼 생각으로 대형마트 매장 안으로 들어섰다가 빌어먹을 놈의 경보기가 울리는 바람에 경비원에게 붙들렸던 것이다.

대형마트 사람들은 막무가내로 나를 몰았다. 며칠 사이에 없어지는 물건이 눈에 띄게 늘었는데 드디어 꼬리를 잡았다는 식이었다. 계산대를 보고 있던 아줌마는 한술 더 떠서 며칠 전부터 저 아이가 들락거리는 걸 봤다며 말도 안 되는 소리를 했다.

경찰서로 가서 시비를 가리자는 이야기를 할 수는 없었다. 아버지에게 연락이 들어가는 일은 피하고 싶었다. 나는 관리자랍시고 나온 사람에게 침착한 태도로 CCTV를 확인해 보자고 제안했다.

관리자는 빛나는 배지를 달고서 주변 사람을 통제하는 일에 소소한 기쁨을 느끼는 부류의 얼간이었다. 이미 나를 완벽한 도둑으로 확정 짓고 있던 관리자는 의기양양하게 관리실로 들어가 CCTV를 켰다.

화면을 뚫을 것 같은 시선으로 몇 번이나 CCTV를 돌려 보던 사람들은 30분이 지난 뒤에야 내가 무고하다는 사실을 인정했다. 나는 담담하게 사과를 받아들였다.

"싸대기를 후려쳤어야지."

바깥으로 나오면서 형이 말한다.

"때릴 싸대기가 너무 많았잖아."

"그렇기는 했어."

오랜 시간 동안 매장 안에서 실랑이를 벌였기 때문에 나올 때는 벌써 저녁이 가까워진 시각이었다.

지평선에 걸린 태양이 붉게 타면서 꺼지듯 사라져 간다. 오늘
밤에는 별이 보일까. 고개를 드니 별이 아니라 먹구름이 몰려오
는 게 보인다. 운이 지지리도 따르지 않는 날이다.

"우산 안 챙겼는데."

내가 중얼거린다.

"우산 같은 건 들고 다녀 봤자 거추장스럽기나 하지."

형이 말한다. 거추장스러운 건 맞지만 필요할 때가 되면 절실
해지는 게 우산이다.

착잡한 심정으로 하늘의 낌새를 살핀다. 물을 잔뜩 품은 구름
이 금방이라도 터져서 흘러내릴 것처럼 넘실거린다.

"뭐, 비가 오는 것도 좋겠지."

형이 떨어지는 빗방울을 받아 내기라도 하듯 태평스럽게 손
바닥을 펼친다.

"좋기는 뭐가 좋아."

투덜거리면서 형을 따라 손바닥을 편다. 가느다란 빗방울이
하나둘 떨어진다.

급한 마음에 근처에 있는 패스트푸드점 안으로 들어가 비를
피한다. 광고지에서 칼로 잘라 그대로 붙인 듯한 인테리어가 눈
에 들어온다. 친절한 미소를 입에 건 아르바이트생들이 계산대
에 서 있다.

들어올 때만 해도 손님이 별로 없었는데 머뭇거리는 동안 사람이 몰린다. 엉거주춤한 태도로 계산대 앞에 줄을 선다. 뭘 먹어야겠다는 생각은 없지만 줄이 길어지는 걸 보니 왠지 그래야 할 것 같다.

날씨는 좋아질 기미가 보이지 않는다. 빗줄기가 굵어지다가 금세 벼락처럼 쏟아져 내린다. 투명한 유리 벽 너머로 보이는 풍경이 순식간에 젖는다. 가을인데도 한여름의 태풍처럼 거칠다.

"주문하시겠습니까?"

줄이 생각보다 빠른 속도로 줄어든다. 앞에 있던 손님들은 진작 마음을 정했는지 곧바로 주문을 넣고서 척척 자리에 앉는다. 아직 메뉴를 고르지도 못했는데 어느새 내 차례다.

"어, 저는……."

허둥지둥 위에 붙은 메뉴판을 살핀다. 하나같이 비싼 것 중에 그나마 저렴한 세트를 골라 손가락으로 가리킨다.

계산을 마치자 아르바이트생이 번호가 찍힌 영수증을 밀어준다. 돌아서니 어지간한 자리는 모두 꽉 찼다. 하는 수 없이 화장실 옆에 위치한 조금 어두운 자리로 걸어가 앉는다.

유리창을 두드리는 빗소리를 들으며 오가는 사람을 관찰한다. 연인도 있고 가족도 있다. 다정한 이들 속에 멀뚱히 앉아 있자 조금 머쓱한 기분이 든다.

비에 젖을까 걱정되었던 가방은 발밑에 밀어 놓는다. 비가 계속 내린다면 좋지 않은 여행길이 될 터였다.

"비 오는 거 좋아하잖아?"

맞은편에 앉은 형이 문득 떠오른 것처럼 입을 연다.

"비를 좋아하는 건 내가 아니라 엄마였어."

"그럼 너는 엄마를 닮은 모양이지."

형이 말한다. 나는 아무 말도 하지 않는다.

비 내리는 거 좋아하면 안 돼. 밝고 활기차게 살아야지. 엄마는 그렇게 말했다. 비 오는 날을 좋아하는 것과 밝고 활기찬 생활을 누리는 것 사이에 어떤 연관이라도 있는 것처럼.

나는 그런 말을 듣는 게 싫었다. 바꿔 말하면 엄마가 그만큼 밝고 활기차게 살지 못했다는 이야기처럼 들렸기 때문이다.

"엄마가 그렇게 좋은 인생을 살았다고는 할 수 없잖아."

형이 말한다.

"그래. 죽었으니까."

나는 내가 생각했던 것보다 훨씬 차갑게 대답한다.

엄마는 4년 전에 죽었다. 교통사고였다. 비가 끈적이는 기름처럼 더럽게 쏟아지던 날 밤이었다. 만취한 운전자가 파란 신호를 따라 길을 건너던 보행자를 치어 죽였다. 엄마는 병원에 입원해서 사흘 동안 괴로워하다가 세상을 떠났다.

일상보다 가까운 사람이 그런 식으로 세상을 떠날 수도 있다는 게 믿어지지 않았다. 이별에 대해서 생각할 때는 언제나 보다 극적이고 무서운 어떤 것을 상상해 왔던 것이다.

엄마의 죽음은 극적이지도, 무섭지도 않았다. 바람이 불어서 꺼지는 촛불처럼 허무했을 뿐이다. 엄마는 제대로 된 유언조차 남기지 못했다. 임종을 맞이하기 직전에 내 손을 붙잡고 가만가만 몇 마디 말을 속삭이기는 했다.

나는, 하고 잠시 멈추고 너는, 하고 잠시 멈추고 나는, 하고 말했다. 무슨 말일까. 잠자코 앉아서 엄마가 뱉은 조각난 문장이 한데 모아지기를 기다렸다. 그렇지만 엄마는 눈을 감아 버렸다. 그리고 다시 뜨지 않았다.

아버지가 벌인 사업이 망해서 휘청거리던 때였다. 엄마는 밤 늦게까지 공장에서 일했다. 실리콘 패드에 코팅제를 발라서 넘기는 작업이었는데 환경도 급여도 엉망인 곳이었다.

아버지가 집에 들어오는 날이 줄었고 형이 누군가와 싸우고 들어오는 날이 늘었다. 나는 공부를 핑계로 밤이 될 때까지 집에 오지 않았다. 일이 끝나면 엄마는 사람 없는 집으로 돌아와 묵묵히 밀린 집안일을 끝냈다.

아무도 엄마에게 그런 희생을 강요하지 않았다. 하지만 아무도 엄마에게 그렇게 살지 않아도 된다고 말해 준 적이 없었다. 형과 나와 아버지는 공범이었다. 술을 잔뜩 퍼마시고 무리해서 운전하다가 엄마를 치어 죽인 그 개새끼처럼 말이다.

형과 나는 각기 다른 모습으로 엄마의 죽음을 받아들였다. 형

은 더 많이 놀았다. 나는 더 많이 공부했다. 그러나 아버지는,

"아버지는 아무것도 하지 않았지."

형이 말한다.

아버지는 아무것도 하지 않았다. 엄마가 죽고 난 뒤에도 아버지는 달라지는 게 없었다. 엄마의 죽음이 아버지에게는 별다른 영향을 끼치지 않은 모양이었다. 아버지는 전보다 독하게 술을 마셨다. 그러면서 벌어 온 돈을 다시 술값으로 날렸다.

어떻게 그럴 수가 있죠?

그렇게 묻곤 했다. 어떻게 그럴 수가 있어요? 대개는 대답이 돌아오지 않았다. 그렇지만 아버지는 딱 한 번 내 질문에 대답한 적이 있다. 아버지가 뭐라고 했던가.

"그러지 않을 이유가 뭐냐?"

소리 내어 기억해 본다.

"내가 그러지 않을 이유가 뭐냐?"

아버지는 물었고, 나는 대꾸하지 않았다. 엄마의 죽음에 대해서 아버지가 뭔가 반응을 보인 건 그게 처음이자 마지막이었다. 그 뒤로는 아무도 엄마에 관한 이야기를 입 밖으로 꺼내지 않았다. 형도, 나도, 아버지도.

견디기 어려웠던 건 지워지지 않는 흔적처럼 집의 한쪽을 차지하고 있는 지폐 다발이었다. 아버지는 보험 회사가 지급한 돈을 굳이 모두 현금으로 인출해서 아무렇게나 처박아 두었다. 그

돈마저 모두 사라지고 난 후에는 아득한 공허함이 거기에 대신 들어섰다.

"주문하신 분, 안 계세요?"

재차 번호를 부르는 소리에 퍼뜩 정신을 차린다. 내 번호다. 자리에서 일어나 쟁반에 담긴 햄버거 세트를 받아 온다.

반쯤 떠밀리듯 주문한 햄버거지만 이렇게 놓고 보니 배가 고프다. 서둘러 포장지를 벗기고 한 입 한 입 정성껏 씹어 넘긴다.

할머니를 본 건 내가 막 햄버거의 마지막 조각을 목구멍 안으로 삼켜 넣고 있을 때다. 먹는 데 열중해서 잠깐 한눈을 판 사이 웬 할머니가 이쪽으로 다가오고 있다. 지독히 느린, 그러나 정확히 목표를 정하고 옮기는 걸음이다. 그래서 나는 할머니가 나를 향해 오고 있다는 걸 알아차린다.

무슨 일일까. 느리게 시간이 지난 뒤 마침내 거북이걸음의 소유자가 코앞까지 다가온다. 할머니는 들고 있던 우산을 옆에 내려놓고 미리 약속이라도 잡은 사람처럼 내 앞에 앉는다. 꽃문양이 요란하게 박힌 우산이다. 튼튼한 모양새지만 지금처럼 내리는 비를 완전히 막아 내는 건 불가능해 보인다. 그런데도 할머니는 별로 젖지 않은 모습이다.

"우산 쓰기의 장인이로군."

옆으로 자리를 옮겨 온 형이 병신 같은 농담을 한다. 나는 대꾸도 하지 않는다.

"비가 오는군요."

할머니가 대뜸 말을 건다. 이상한 사람이다. 비가 오는 건 보면 알 수 있는 일인데 마치 모르는 사실을 전해 주는 것처럼 말한다. 그러고 나서 할머니는 고개를 갸웃한다. 잠깐 자신이 한 말을 되짚어 보는 기색이다.

비에 묻은 할머니 냄새가 주위를 감싸듯 내려앉는다. 어쩐지 그리워지는 냄새다.

"여행 중인가요?"

할머니가 묻는다. 왜 그렇게 묻는지 모르겠다. 내가 여행에 나선 이후로 처음 듣는 질문이다.

"어떻게 아셨어요?"

할머니는 대답하지 않고 웃는다. 안개처럼 희미해서 금방 사라질 것 같지만 유심히 지켜보면 분명히 거기에 있는, 그런 종류의 미소다.

조용하고 차분한 성격의 여자가 늙으면 꼭 그렇게 될 것처럼 생긴 할머니다. 따뜻해 보이는 분홍색 스웨터에 품이 큰 바지를 입었다. 작은 가방을 손에 쥐고 무릎 위에 올려놓았는데 움직일 때마다 안에서 작게 동전 부딪치는 소리가 난다.

산타클로스에게 아내가 있다면 틀림없이 이런 모습을 하고 있겠지.

"몇 살인가요?"

"열아홉 살입니다."

나는 일단 할머니의 질문에 대답한다. 누구세요? 내지는 뭐 하시는 거죠? 라는 식으로 말을 할 수도 있었지만 그러지 않는다.

나이 많은 사람을 배려한다거나 모르는 사람에게 예의를 차린다거나 하는 문제가 아니다. 그냥 그러지 않는 게 좋겠다는 생각이 든다. 산타클로스도 그러기를 바랄 것이다.

"여행하기에 좋은 나이로군요."

미시즈 산타클로스가 말한다. 내가 스물아홉이나 서른아홉이라고 대답했어도 여행하기에 좋은 나이로군요, 했을 것 같다. 산꼭대기에 사는 사람이 고만고만한 건물들의 높이를 바라보듯이.

"여행 중인가요?" 할머니는 이렇게 묻고 고개를 옆으로 기울이더니 다시 묻는다. "이 얘기는 아까 했지요?"

나는 고개를 끄덕인다. 할머니는 입을 다물고 눈앞의 어디쯤에 시선을 걸친다.

얼마간 할머니의 정신이 돌아오기를 기다리다가, 별수 없이 감자튀김을 향해 손을 뻗는다.

"가끔 말이에요."

두 개 정도 집어 먹었을 때 문득 떠오른 것처럼 할머니가 입을 연다. 나는 손가락에 묻은 감자튀김 가루를 휴지에 문질러 닦는다.

"가끔 내가 무슨 말을 했고 무슨 말을 하지 않았는지 헷갈릴
때가 있어요. 어떤 말이 머릿속에 떠오르면 가장 먼저 내가 이
말을 전에 했던가, 하는 의문이 들어요. 그럴 때가 있나요?"

그럴 때가 있었던 것 같기도 하다.

"아마도요."

두루뭉술하게 대답한다. 할머니는 다시 깊은 침묵으로 들어
간다. 이번에는 선명한 의식이 자리 잡은 침묵이다.

시끄러운 실내 안에서도 할머니의 고른 숨소리가 또렷하게 들
린다. 간격이 일정하고 빈틈이 없는 숨이다. 그렇지만 나는 할머
니가 별안간 기습적인 기침을 쏟아 내는 게 아닐까 하는 걱정이
든다.

"비가 오는군요."

미시즈 산타클로스가 말한다. 나는 뭐라고 대답해야 좋을지
몰라 아무 말도 하지 않는다.

할머니는 입가에 가벼운 미소를 머금은 채 무언가 골똘히 생
각하는 표정이다. 이 얘기는 아까 했지요? 그러나 이번에는 그
렇게 묻지 않는다.

"어디로 가는 중인가요?"

"잘 모르겠어요."

"나는 남쪽으로 갑니다."

할머니는 생각만 해도 즐겁다는 듯 웃으면서 말한다.

남쪽이라.

"남쪽에 뭐 좋은 데라도 있어요?"

"남쪽에는 많은 것이 있지요."

그러나 아무리 기다려도 할머니는 남쪽에 있는 많은 것에 대해 이야기해 줄 기색이 없다.

"그거 맛있나요?"

할머니는 내가 먹던 감자튀김에 관심을 보인다. 나는 감자튀김이 담긴 봉지를 할머니에게 밀어 준다.

"드세요."

"먹어도 될지 모르겠군요. 우리 딸아이가 걱정이 많거든요. 이런 건 입에도 못 대게 하지요."

말은 그렇게 하면서 할머니는 부지런히 감자튀김을 입에 넣는다. 며칠은 굶은 사람 같다. 나는 할머니 몫으로 햄버거 세트를 하나 더 주문한다. 미시즈 산타클로스는 그것마저도 순식간에 먹어 치운다.

"크리스마스 선물을 왜 우리가 주고 있냐."

형이 멍청한 소리를 한다.

크리스마스에 대한 환상을 품어 본 적은 없다. 기억조차 희미한 어린 시절의 어느 한 부분에서, 엄마가 몰래 사다 놓은 선물 꾸러미를 팽개치며 이런 건 다 쓸데없는 짓이라고 소리치는 술

취한 아버지의 모습만이 남아 있을 뿐이다.

형은 내가 기억하는 가장 오랜 순간부터 크리스마스를 싫어했다. 나는 별다른 생각 없이 형을 따라서 크리스마스를 싫어했던 것 같다.

비가 그치지 않고 거센 기세로 몰아친다. 유리 벽 바깥에서 갑작스럽게 들이닥친 재난을 피해 우왕좌왕하는 사람들의 모습이 보인다. 차들이 거칠게 도로를 질주한다. 웅덩이에 고인 물이 사방으로 튄다. 누군가 욕설을 뱉고, 신경질적인 경적이 두 번 울린다.

나도 할머니도 말없이 자리에 앉아 잠시 그런 광경을 바라본다. 할머니는 내가 저녁을 계산했는데도 고맙다거나 하는 식의 인사는 하지 않는다. 어쩐지 할머니가 그러는 게 당연한 것처럼 느껴진다.

잠시 뒤 할머니가 말한다.

"나는 외지인이에요. 나에게도 고향이 있지만, 이곳은 아니지요. 먼 길을 왔어요. 그리고 더 먼 길을 가야 해요."

나는 고개를 끄덕인다. 할머니는 손가락으로 나를 가리킨다.

"당신도 이 도시에 속한 사람이 아니에요."

나는 이 도시에 속한 사람이 아니다. 미시즈 산타클로스와 같은 외지인이다.

그렇지만 나는 내가 떠나온 곳에서도 마찬가지로 외지인이었다. 할머니는 자신에게도 고향이 있다고 말했지만, 나에게는 고향이 없다. 도시에서 태어나 줄곧 도시에서 살았다.

어른들은 가끔 사는 게 답답하고 견디기 어려운 순간이 오면 훌쩍 고향으로 떠난다. 나는, 형이나 나와 같은 또래의 아이들은, 돌아갈 공간이 없다. 돌아가고 싶다고 갈망할 수 있는 공간이 없다.

할머니는 한참 동안 입술을 오물거리면서 생각에 잠긴다. 낡은 기계가 넘치는 작업을 처리하는 것 같은 움직임이다.

"좋아하는 게 있나요?"

할머니가 묻는다. 나는 미시즈 산타클로스의 엉뚱한 말하기 방식에 점점 익숙해지고 있다.

"좋아하는 거요?"

"그래요. 무엇을 좋아하지요?"

내가 뭘 좋아하냐고? 전에 상담을 받던 때에 선생님도 같은 질문을 했다. 너는 좋아하는 거 없어? 나는 그런 질문 자체가 웃기다고 생각했다. 좋아하는 거라니. 그런 걸 어떻게 설명할 수 있단 말인가.

나는 달리기를 좋아한다. 그렇지만 냉정하게 따지면 달리기의 모든 부분을 좋아하는 건 아니다. 나는 두 다리가 후들거릴 정도로 달리고 난 뒤 어딘가 높은 곳에 앉아 숨을 고르는 걸 좋아한다.

달리는 동안에는 별로 좋다는 기분이 들지 않는다. 아무런 보람도 없이 그저 힘이 들 뿐이다. 하지만 그다음에 완전히 녹초가 돼서 체력을 회복하는 느낌은 좋다.

이런 걸 설명하기란 여간 곤혹스러운 일이 아니다. 그렇다고 단순히 달리기가 좋다, 하고 말해 버리면 그때부터 사람들은 온갖 종류의 시비를 걸어온다. 왜 죽을 것 같은 표정이야? 왜 즐기지 못해? 왜 포기하는 거야? 달리는 게 좋다고 하지 않았어?

중학생 때 잠시 육상부 활동을 했다. 숱하게 많은 사람에게 숱하게 많은 질타를 들었다. 육상부를 나온 이후, 나는 그런 종류의 질문에 대해 일일이 해명하는 걸 포기했다.

할머니는 질문을 던져 놓고서 대답을 기다리지 않는다. 우리는 묵묵히 앉아 각자 다른 방향을 본다.

옆에서 한 쌍의 연인이 무언가 진지한 대화를 나누는 소리가 들린다. 두 사람 모두 젊지만 오래된 연인처럼 느껴진다. 포근해 보이는 두 사람을 보며 나도 모르게 형과 누나를 떠올린다.

"어떤 것들은 아무리 노력해도 잊을 수가 없어요."

할머니는 한참 뒤에 흐트러진 물건을 바로 세우듯 또박또박 말을 꺼낸다.

어떤 것들은 아무리 노력해도 잊을 수 없다.

나는 이제 내가 뭔가 말해야 할 차례라는 걸 안다. 그렇지만 도무지 무슨 말을 꺼내야 좋을지 알 수가 없다.

"우리 딸은 걱정이 많은 아이예요."

다행히 할머니는 내 대답을 오래 기다리지 않는다.

"상냥하고, 배려심이 깊은 아이예요."

나는 고개를 끄덕인다. 미시즈 산타클로스는 내가 어떤 반응을 보이든 크게 신경 쓰지 않는 것 같다.

"나는 남쪽으로 갑니다."

할머니가 말한다. 나는 조금 우습다고 생각하면서 아까와 같이 묻는다.

"남쪽에 뭐 좋은 데라도 있어요?"

할머니는 마른침을 삼키고 가볍게 숨을 내쉰다. 그리고 처음으로 내 눈을 들여다본다.

"여행 중이라고 했지요. 무엇을 찾았죠?"

나는 당황하고 만다. 이런 바보 같은 질문이 나올 줄은 예상하지 못했기 때문이다. 여행 중에 무엇을 찾았냐고? 왜 여행하면서 뭘 찾아야 하지? 내가 여행을 시작한 건 뭔가를 찾기 위해서가 아니다.

언제부터였는지, 나는 막연하게나마 내가 떠나야 한다는 걸 알고 있었다. 이유에 대해서는 아무래도 상관없었다. 누군가는 술주정뱅이 아버지의 탓이라고 할 거고 또 누군가는 부쩍 예민해진 청소년기의 감수성 탓이라고 할 거다. 아니면 사회 전체의 보편적인 문제 탓이라는 사람도 있겠지.

모든 설명이 일리가 있다. 그러나 어느 것도 완전하지 않다.

"왜 제가 뭔가를 찾아야 한다고 생각하시죠?"

나는 약간 거만한 투로 묻는다. 할머니는 소가 되새김질하듯 시간을 들여서 입을 연다.

"누군가는 무언가를 찾아야만 하니까요."

나는 대답하지 않는다. 그 누군가가 나를 가리키는 건지 아니면 할머니 자신을 말하는 건지 분간이 가지 않는다. 할머니는 입을 다물고 가만히 앉아서 고개를 끄덕인다. 나는 아무 말도 하지 않았는데 혼자 뭔가 납득한 것처럼 보인다.

그러더니 할머니는 옆에 놓아둔 우산을 집어 들고 불쑥 이쪽으로 내민다.

"받아요."

"예?"

"받으세요."

할머니의 행동은 완고하고 타협의 여지가 없다. 미시즈 산타클로스가 크리스마스를 싫어하는 다 큰 아이에게 선물을 주려고 하다니.

멋쩍게 웃으며 망설이다가 별말 없이 할머니가 내미는 우산을 받는다. 깨끗한 걸 보면 몇 번 사용하지 않은 거다. 내가 쓰고 다니기에는 지나치게 화려하지만, 우산으로서의 기능은 훌륭하게 해낼 것이다.

"길을 걷는 사람이라면 언제든지 비가 올 수 있다는 걸 알고 있어야 해요."

할머니의 말투는 꼭 혼잣말 같기도 해서 나는 대답하는 대신 고개를 끄덕인다.

"좋은 우산이네요."

감사의 말은 하지 않는다. 할머니도 그런 걸 바라는 눈치는 아니다. 할머니와 나 사이에만 존재하는 일종의 룰 같은 것이다.

우습게 들릴지도 모른다. 하지만 만난 지 10분밖에 되지 않는 사이라 해도, 사람들은 관계를 만들면서 은연중에 나름의 규칙을 정해 놓는 법이다.

할머니는 천천히 입꼬리를 올린다. 너무 깊지도 않고 얕지도 않은, 촘촘한 체에 수없이 걸러 완성한 것처럼 보이는 정갈한 미소다.

얼마쯤 미소를 유지하고 있던 미시즈 산타클로스는 처음 왔을 때와 마찬가지로 예고 없이 자리에서 일어선다.

"조금은,"

할머니가 말한다.

"조금은 이 세계를 좋아해도 괜찮아요."

할머니를 따라 어설프게 일어섰다가 다시 자리에 앉는다.

미시즈 산타클로스의 말투는 더할 나위 없이 부드럽다. 그렇지만 할머니는 위로를 하는 것도 조언을 하는 것도 아니다. 그래서 나는 입을 열지 않는다.

"딸아이를 만나면 나는 남쪽으로 간다고 전해 주세요. 거기서 나를 볼 수 있을 거라고 말이에요."

그리고 할머니는 발걸음을 옮겨서 비가 쏟아지고 있는 바깥으로 나간다. 느린 동작이지만 미처 의식하기도 전에 시야에서 사라진다. 어떤 의미로든 대단한 할머니다.

할머니가 뱉은 말들은 각각의 무게를 지닌 채 테이블 위에 남겨졌다. 할머니에게서 받은 우산을 가방 옆에 내려놓고 잠시 자리에 앉아 있기로 한다.

비는 그치지 않고 시간은 넘친다. 패스트푸드점 입구는 가게 안으로 들어오지 못해 처마 밑에서나마 비를 피하려고 늘어선 사람들로 발 디딜 틈 없이 붐빈다.

나는 다의적이고 불분명한 말은 좋아하지 않는다. 상징적으로 보이는 언어는 실제로 그런 게 아니라 그렇게 보이기 위한 허세인 경우가 많다고 생각한다. 그래서 나는 특정한 대상을 두고 이것이야말로 심오한 어떤 것을 나타낸다, 하는 식으로 평가 내리는 사람을 믿지 않는다.

특정한 대상은 특정한 대상일 뿐이다. 사람들은 실제로 보이는 것 너머에 어떤 의미가 있기를 바라지만, 대부분은 그렇지 않다.

"저 할머니는 머리가 이상하게 된 거야."

아무 말 없이 앉아 있던 형이 건조한 목소리로 입을 연다. 나는 긍정도 부정도 하지 않는다. 형이 계속 말한다.

"그런데도 넌 저 할머니에게서 뭔가를 발견하고 싶어 해."

나는 고개를 돌리고 바깥을 응시한다. 하얀 빗줄기가 어둠을 바탕으로 선명하게 빗금을 긋는다.

"남쪽에 뭐가 있지?"

내가 묻는다. 형은 대답하지 않고 나를 빤히 쳐다본다.

"너는 네가 생각하는 것만큼 냉정하지 않아."

형이 말한다.

"누구도 자신이 생각하는 것만큼 냉정할 수는 없어."

내가 대답한다.

"그래. 하지만 잊지 마. 너에게는 무너지지 않아야 할 이유가 있어."

나에게는 무너지지 않아야 할 이유가 있다.

나는 가만히 고개를 끄덕인다. 신화처럼 거창하게 들리는 말이다. 그렇지만 내게는 이것이 지극히 차갑고 딱딱한, 그래서 무엇보다도 현실적인 문제다.

남쪽에 뭐가 있는가. 웃기는 질문이다. 잠시 숨을 돌리고 가방을 챙긴 뒤 자리에서 일어선다. 가야 할 때다.

미시즈 산타클로스가 3개월 미리 당겨 준 크리스마스 선물은 보이는 것처럼 충실하게 제 역할을 해낸다. 창피한 문양이 박힌 우산이지만 두 사람 정도는 거뜬히 감당할 수 있을 만큼 크고 튼튼하다.

나는 우산을 방패 삼아 몰아치는 비에 맞서서 단단하게 발을 뻗는다.

"어떻게 할 거야?"

형이 묻는다.

잠깐 고민한다. 어디서 잠을 잘까. 그러나 이런 걸 심각하게 고민할 필요는 없다. 여차하면 돈이 해결해 줄 테니까.

집을 나오기 전에 조금씩 벌어서 용돈으로 쓰던 양과 비교하면 터무니없이 많은 돈이다. 그런데도 나는 습관 때문인지 아니면 다른 어떤 이유에서인지 돈을 최대한 아낄 수 있는 방향으로만 생각하고 있다.

태생적으로, 그러니까 날 때부터 돈에 대한 걱정 없이 사는 사람이 존재한다. 굳이 재벌가의 자제들까지 가지 않더라도 그런 예는 얼마든지 찾아볼 수 있다. 별로 넉넉하게 사는 것 같지 않은데 필요한 만큼의 돈은 아낌없이 쓰는 사람들. 때마침 삶의 패턴과 수입의 균형이 일치해서 아무리 쓰고 싶은 대로 써도 돈이 부족하지 않은 사람들 말이다. 나도 한때는 그런 부류에 속했다.

아버지는 몸으로 할 수 있는 일이면 뭐든지 해서 돈을 벌었지만 학비를 제외하고는 한 푼도 자식들에게 쥐여 주지 않았다. 형은 자신의 빈곤함을 넓은 인맥으로 해결했고 나는 부족한 생활비를 틈틈이 나가는 아르바이트로 충당했다.

아버지나 형은 어땠는지 모르지만 나는 돈에 관해서 별로 욕심이 없었다. 읽고 싶은 책은 동네 도서관에서 공짜로 읽었고 보고 싶은 영화는 극장에서 내리기를 기다렸다가 소액으로 빌려 봤다. 끼니는 학교 근처에 있는 허름한 분식집에서 자주 해결했다.

하지만 나는 내가 정말로 돈이 필요하지 않은 삶을 살고 있는지, 아니면 부족한 돈 때문에 스스로의 삶을 조금씩 거기에 맞춰 간 건지 종종 헷갈릴 때가 있었다. 그런 생각이 들면 한없이 비참해졌다. 돈이 그다지 필요하지 않은 인생이었지만 어떨 때는 그런 인생 자체가 나의 선택과 무관하게 결정된 것이라는 생각을 지울 수가 없었던 것이다.

그럴 때마다 나는 마음속으로 무능한 아버지를 비난했다. 겉으로 화를 드러내지 않았던 건 그래 봤자 아무것도 달라지지 않는다는 걸 알고 있었기 때문이다.

"밖에서 잘 수는 없겠다."

형의 말대로다. 비가 정신 나간 것처럼 쏟아진다. 지갑을 꺼내서 오늘 분으로 미리 빼놓은 돈의 남은 액수를 센다. 그러다가 지폐 사이에 낀 작은 메모지 같은 걸 발견한다.

"이게 뭐지?"

그제야 아침의 일이 기억난다. 교회에서 배식해 주는 밥을 먹고 난 후에 웬 목사에게서 받았던 명함이다.

　"케세라세라."

　형이 명함에 찍힌 글자를 읽는다. 케세라세라. 언제든지 교회로 오라던 목사의 얼굴이 떠오른다.

　기왕 시작한 여행이니 여관방 같은 곳에 묵는 것보다는 이쪽이 낫게 느껴진다. 불필요하게 돈을 쓸 필요도 없을 거고. 이름이 찍힌 명함 뒤쪽에 교회 약도가 그려져 있다.

　"목사는 질색인데."

　"형은 스님도 싫어하잖아."

　말은 이렇게 하지만 나라고 딱히 목사나 스님을 좋아하는 건 아니다.

　"여관으로는 안 갈 거야?"

　명함에서 눈을 뗀 형이 눈썹을 찌푸리고 묻는다.

　"나는 여관이 질색이야."

　"왜?"

　"우울하니까."

　"별게 다 우울하구만."

　형이 말한다.

　"케세라세라."

　내가 작은 소리로 중얼거린다.

5

외로움에는
번지수가
있다

비가 계속 내린다. 신중하게 우산을 들고 있지만 어쩔 수 없이 빗물에 온몸이 젖는다.

다행히 얼마 걷지 않아 교회를 발견한다. 주변의 다른 건물과 달리 혼자 과거로부터 튀어나온 듯한 인상의 작고 낡은 교회다. 건물 위에 붙은 명패에 수줍게 그려 넣은 십자가가 이곳이 교회라는 걸 알린다. 볼품없는 건물이지만 도시 한가운데에서는 오히려 그런 모습이 눈에 띈다.

나는 머뭇거리며 서 있다. 명함까지 받아 들고 왔지만 막상 도착하니 왠지 눈치 없는 불청객이 된 것 같은 기분이다. 초등학교에 입학하고부터는 한 번도 교회에 가 본 적이 없다. 엄마를 통해 어떤 식으로 분위기가 흘러가는 곳인지 막연하게나마 짐작해 봤을 뿐이다.

엄마는 쉽게 자신의 목소리를 내는 사람이 아니었지만 이상하게도 종교와 관련된 문제에 얽히면 열성적으로 돌변했다. 친할머니도 만만찮은 불교 신자였기 때문에 두 사람의 관계는 별로 좋지 않았다.

그렇지만 할머니가 노환으로 돌아가셨을 때 엄마는 진심으로 할머니가 천국에 가기를 빌었다. 엄마가 먼저 사고로 세상을 떴다면 할머니 역시 엄마가 극락왕생하기를 바랐을 것이다. 빌고 바라는 건 언제나 남겨진 사람들의 몫이니까.

손목시계에 박힌 바늘이 이제 막 8시 15분을 지난다. 교회 문은 굳게 닫혀 있다. 빛이 새어 나오는 걸 보니 잠겨 있는 건 아니다. 건물 안에서 희미하게 노랫소리가 들린다.

적당히 눈에 띄지 않는 곳에 서서 기다리기로 한다. 졸음이 목덜미를 때린다. 꺾이는 고개를 여러 번 번쩍 세우며 시간을 보낸다. 그러는 동안 교회에서는 빗소리에 묻혀 내용을 알아들을 수 없는 설교를 길게 잇는다.

무작정 퍼붓는 비에 튼튼하던 우산이 흐늘거릴 때쯤 시끄러운 소리가 들려오는가 싶더니 마침내 입구에서 사람들이 쏟아져 나온다. 내심 짐작한 것보다 많은 인원이다.

자기 명함에 케세라세라라고 박아 넣었던 목사는 마지막에

등장한다. 기장이 발목을 덮을 정도로 긴 갈색 면바지에 떨이로 묶어 팔 것 같은 줄무늬 셔츠 차림인데 아침에 봤을 때보다 나이가 들어 보인다.

사람들이 흩어지기를 기다렸다가 목사에게 다가가 말을 건다.

"안녕하세요."

다시 만난 케세라세라는 이쪽을 보고 당황스럽게 웃으며 고개를 숙인다.

"음, 그래요. 안녕하세요."

바로 오늘 아침에 만났는데 알아보지 못하는 눈치다. 목사에게 받은 명함을 앞으로 내민다.

"말씀해 주신 것처럼 오늘 하루만 자고 갈까 하는데요."

목사는 명함을 보자 그제야 생각나는지 "아, 그때 그 학생." 하고 퍼뜩 친근한 투로 입을 연다. 나는 대충 내가 지금 여행 중이고 사정이 있어서 잘 곳이 마땅치 않다고 설명한다. 케세라세라는 아무려면 어떠냐는 식으로 웃으며 내 어깨에 손을 올린다.

"괜찮아요, 괜찮아. 아무튼 잘 왔어요. 저녁은 먹었어요?"

나는 고개를 끄덕인다. 목사는 내 어깨를 두드리며 다행이라고, 저녁은 벌써 먹었는데 곤란할 뻔했다고 말한다.

"이쪽으로 와요."

케세라세라가 교회 측면을 돌아 어딘가로 발걸음을 옮긴다. 오래된 교회 건물 뒤 좁은 공간에는 무너져 가는 컨테이너 한

채가 문자 그대로 쑤셔 박혀 있다.

"잠은 여기서 자면 돼요."

목사가 잠겨 있지 않은 문을 잡아 열면서 말한다. 나는 다른 생각을 하느라 제때 대답하지 못한다.

도대체 이놈의 컨테이너는 어떻게 여기다 집어넣은 거지?

"보기에 이래도 하룻밤 지내기에는 부족하지 않을 거예요."

케세라세라는 내가 말이 없자 실망했다고 여겼는지 쓸데없는 말을 덧붙인다. 나는 으리으리한 호텔이든 다 쓰러져 가는 컨테이너든 비가 쏟아지는 거리만 아니면 아무 곳이나 상관없다.

"오늘은 다른 아이들이 없어서 횡할 거예요. 그래도 괜찮죠?"

빨리 비켜 줘야 들어가서 쉴 텐데 목사는 좀처럼 문 앞에서 나올 기색이 없다. 나는 대충 고개를 끄덕인다.

"안에 이불 있어요. 난방이 안 될 텐데 보온은 잘 되는 편이라 그다지 춥지 않을 거예요."

케세라세라는 거기까지 말하고 난 뒤 내가 신경 써 줘서 고맙다는 식의 인사를 꺼내기도 전에 등을 돌려 교회 입구 쪽으로 걸어가 버린다.

나는 우산을 접고 재빨리 컨테이너 안으로 들어간다. 말없이 서 있던 형도 뒤를 따른다.

신발장에 신발을 벗어서 올려 두고 비에 젖은 우산을 털어 옆에 비스듬히 세운다. 안으로 들어서서 왼쪽에 붙은 스위치를 올린다. 수명이 다한 건지 한 세트로 꽂혀 있는 형광등은 두 개 중 하나만 켜진다.

가방을 내려놓고 방 안을 살핀다. 가장 먼저 커다란 창문이 시야에 잡힌다. 컨테이너를 만들 때 깜빡 잘못해서 필요 이상으로 크게 뚫어 놓은 것 같은 창문이다. 벽은 그럴듯한 장식 하나 없이 황량하지만 패턴을 무시한 장판의 문양 때문에 전체적으로 산만하다. 장판 위로 이불이나 식기 같은 게 아무렇게나 굴러다닌다.

화장실에 들어가 젖은 옷을 벗고 가방을 살핀다. 어느 정도 방수가 되는 가방이라 안쪽은 멀쩡하다. 입은 옷만 빨아서 널면 될 것 같다.

화장실은 오래 사용한 티가 나지만 깨끗하다. 세제가 있으면 좋았을 텐데. 아쉬운 대로 세면대 앞에 놓인 비누를 이용한다. 내친김에 속옷까지 벗어서 빤다. 아까 바닥에 널린 물건 중에 드라이어를 봤다. 내일까지 마르지 않으면 드라이어로 말려서 입으면 된다.

급할 때 유용해. 누나는 자주 집에 와서 내가 어쩔 수 없이 혼자 도맡아 하고 있던 집안일을 도와주고는 했다. 드라이어를 옷 말리는 데 쓸 수 있다는 걸 알려 준 것도 누나였다. 햇살 아래 널어 두고 자연스럽게 마르기를 기다리는 게 가장 좋지만, 그럴 시간이 없을 때는 드라이어도 괜찮아.

누나는 형보다 세 살 위였고 나보다는 여덟 살이 많았다. 그런데도 나에게는 친구처럼 가까웠다. 예의가 바르고 배려가 몸에 익은 사람이었다. 어떻게 그런 사람이 형 같은 사람을 좋아할 수 있는지, 나로서는 도무지 이해할 수가 없었다.

왜 형을 좋아해?

그렇게 물었던 적이 있다.

왜 그런 걸 물어봐?

누나는 웃었다. 형과 나의 미묘한 관계는 누나도 알고 있었다. 그렇지만 누나는 우리에게 서로 사이좋게 지내라는 식의 낯간지러운 말은 하지 않았다. 어쩌면 그게 은연중에 세워진 우리만의 규칙인지도 몰랐다.

나는 누나가 말을 돌려도 다시 묻지 않을 생각이었지만, 누나는 곰곰이 생각한 끝에 대답을 해 주었다.

형은 외로운 사람이니까.

나는 누나를 보았다. 누나에게는 마주 대하고 있는 사람의 기분을 평온하게 만드는, 그런 특별한 힘이 있었다.

세상에 외롭지 않은 사람은 없어.

내가 말했다.

그리고 형은 좋은 사람이 아니야. 누나도 알고 있겠지만.

나는 형이 살아가면서 저지르는 온갖 멍청한 짓거리에는 관심이 없었다. 어디서 도박을 하든 술을 마시든 싸움을 벌이든. 그렇지만 누나만큼은 형의 우중충한 인생 어디에도 엮이지 않길 바랐다. 그즈음에 나는 이 누나라는 사람에게 묘한 호감을 품고 있었던 것이다.

그래. 형은 좋은 사람이 아니야. 하지만 우리는 같은 외로움을 공유하고 있어.

나는 누나의 말에 피식 웃었다.

같은 외로움? 외로움에 무슨 번지수라도 있는 모양이지?

누나는 애매한 웃음으로 대답을 대신했다.

누나는 똑똑한 사람이었다. 집안의 전폭적인 지지를 등에 업고 좋은 대학에 들어가 수석으로 졸업했다. 사회에 나와서도 금방 큰 회사에 취직해 능력을 인정받고 입지를 다졌다.

그 정도면 한 번쯤 우쭐거릴 만도 한데 누나는 좀처럼 그런 면을 보인 적이 없었다. 결코 자신을 낮춰 말하지 않았지만 그렇다고 해서 거들먹거리지도 않았다. 형과 달리 여러 면에서 본받을 만한 사람이었다.

형은 죄책감을 느꼈을까. 모르겠다. 원래부터 자신에 대해 말하기를 꺼리는 사람이기도 했지만, 나는 한 번도 형에게 스스로의 삶에 대해 물어본 적이 없었다.

빨래를 끝내고 샤워기를 튼다. 샤워기는 기침 비슷한 소리를 흘리더니 곧 차가운 물을 뿜는다. 온수는 나오지 않는다. 그나마도 감지덕지라 생각하며 비와 땀으로 범벅이 된 몸을 씻어 내린다. 긴장의 끈을 놓자 팽팽하게 당겨져 있던 피로가 댐이 터진 것처럼 한꺼번에 쏟아진다.

"외로움에도 번지수가 있다고 치면 형은 누나랑 같은 공간에 사는 사람이었지."

내가 말한다. 형은 잠자코 듣는다. 누나와 형은 서로의 외로움을 약간이나마 보듬어 줄 수 있는, 어떤 식으로든 의미 있는 관계에 있었다. 누나는 그걸 알았다. 형도 알고 있었을 것이다.

입고 있던 옷과 몸에서 빗물을 몰아내자 개운한 기분이 든다. 꼼꼼하게 몸의 물기를 닦아 낸 뒤 챙겨 온 속옷을 꺼내 입은 다음 어지러운 바닥을 정리한다. 형은 그때까지도 말이 없다. 방에 널린 물건을 대충 한쪽으로 치운 후 이불을 펴고 자리에 눕는다.

아직 잠을 잘 시간은 아니다. 불이 켜진 천장을 보면서 형에게 말을 건다.

"형은 행복했어?"

누나는 행복해 보였다. 적어도 누나와 형의 아이가 세상을 떠나기 전까지는 그랬다. 그러면 형은 어땠을까. 이건 또 다른 문제였다. 형이 웃는 걸 본 적이 없다.

"그런 게 중요하냐?"

형이 묻는다.

그런 걸 중요하다고 생각한 사람도 있었다. 눈을 감고 누나의 모습을 떠올려 보려고 한다. 그런데 쉽지가 않다. 그렇게 인상적인 사람이었는데도 얼굴이 기억나지 않는다.

"누나는 어떤 사람이었지?"

내가 묻는다.

아무것도 아닌 사람이었지. 형은 그렇게 말했다. 그러나 그게 진심이 아니라는 것쯤은 나도, 그리고 형도 알고 있었다.

나는 눈앞을 가로지르는 넓은 호수 앞에 앉아 있다. 손에 낚싯대를 쥐고 비에 두드려 맞는 수면을 응시한다. 얼마나 지난 걸까. 오랜 시간을 아무 말 없이 그렇게 있었던 것 같다.

옆에는 아버지가 있다. 눈에 익은 검은색 러닝셔츠와 색이 바랜 청바지. 아버지는 평소의 후줄근한 복장 그대로 낚싯대를 드리운 채 바닥에 앉아 있다.

폭우가 사방에 꽂힌다. 아버지와 나는 조잡하게 설치한 파라솔 밑에서 잡히지 않는 물고기를 하염없이 기다린다. 내일까지 비가 그치지 않으면 19번과의 약속은 어떻게 되는 걸까. 뜬금없이 그런 생각이 든다.

발 앞에 놓아둔 통 안에는 물고기가 한 마리도 없다. 언제부터 이렇게 무의미하게 시간을 보내고 있었는지 모르겠다.

여행은 할 만하냐?

아버지가 묻는다. 낮고 탁한 목소리다. 아버지가 여행에 대해 알고 있다는 게 놀랍다. 보통의 부모라면 자식이 집에 둔 목돈을 털어서 집을 나간 경우에는 가출을 했다고 굳게 믿는 법이다.

여기 어쩐 일이에요?

아버지에게 묻는다. 아버지는 무슨 그런 병신 같은 질문이 다 있냐는 표정으로 나를 본다. 나도 구체적인 대답을 바라고 물어본 건 아니다.

잠시 후 아버지의 찌가 불규칙적으로 흔들린다. 아버지는 손에 쥔 낚싯대를 슬며시 들었다가 내려놓는다.

아버지와 낚시 같은 걸 해 본 적은 없는데요.

내가 말한다.

그렇겠지.

아버지가 시큰둥하게 대꾸한다.

멀리서 헛구역질 같은 천둥이 친다. 듣는 사람을 견딜 수 없게 만드는 소리다. 낚싯대를 바닥에 두고 아버지를 본다. 아버지의 시선은 호수 저편 어딘가에 박혀 있다.

아버지는 자기 멋대로 사는 사람이에요.

내가 말한다.

지금도 그렇잖아요. 우리는 이런 시간을 가져 본 적이 없어요. 언젠가 정말로 간절하던 때가 있었지만, 아버지는 눈 하나 깜짝하지 않았죠. 이제 그런 날은 오지 않아요. 그러니까 이런 건 아무짝에도 쓸모가 없다고요. 내가 이런 우스꽝스러운 꿈을 꾸고 있는 동안에도 아버지는 아무에게도 아무 말을 하지 않고, 누구에게도 뭔가를 바라지 않으며 살고 있겠죠. 아버지는 그런 사람이니까요. 하지만 그렇다고 해서 다른 사람들이 아버지에게 어떠한 책임도 묻지 않고 그저 외면해 주기만을 바란다면 그건 크게 잘못된 거예요. 왜냐하면, 아버지는 식인종으로 가득 찬 외딴섬의 조난자 같은 게 아니니까.

아버지는 별다른 표정 변화 없이 오른손으로 머리를 쓸어 넘기고 입가를 문지른다. 대답은 없다. 늘 그랬다.

나는 계속 말한다.

여기는 나에게 사막 같은 곳이에요. 엄마는 떠났고, 형은 견디지 못했고, 나는 여행을 하지만, 아버지는 뭐죠? 아버지는 아무것도 하지 않아요. 아버지는 심지어 꿈에서조차 아무것도 하지 않아요. 도대체 뭐가 문제인 거예요? 나는 이제 열아홉 살인데, 아버지는 제 나이보다 두 배는 더 넘게 먹었잖아요.

비 오는 소리가 커진다. 아버지는 가만히 앉아 있다. 내려놓았던 낚싯대를 손에 쥐고 아버지처럼 호수를 바라본다.

출렁이는 어둠 저편에는 아무것도 없다. 아버지도 나도 말을 하지 않는다. 아버지의 찌가 다시 흔들린다.

네가 어디로 가려고 하는지 알아.

여전히 낚싯대에 손만 얹어 둔 채로 아버지가 입을 연다.

거기서 너를 기다리고 있겠다.

말도 안 되는 소리다. 정해진 일정이라고는 내일 정오에 19번과 만나는 것뿐인데. 내가 어디를 가든 아버지와 만날 가능성은 없다.

너는 아무것도 아닌 세계에서 의미를 찾으려고 해. 형이 비웃듯이 말했다. 이 세상에 의미 있는 일은 하나도 없어.

나는 아버지를 본다. 아버지는 나와 조금 어긋난 두 개의 직선 같은 존재다. 아득히 먼 과거의 어느 순간에는 접점이 있었는지도 모르겠지만, 앞으로는 끝없이 서로에게서 멀어질 뿐인 존재.

형은 아버지를 비난하면서도 줄에 묶인 것처럼 늘 근처에 있었다. 나는 그렇지 않았다. 형은 얼마쯤은 아버지를 알고 아는 만큼 미워했지만 나는 아무리 노력해도 아버지라는 사람을 알 수 없었다.

절반을 빼든 전부를 빼든 똑같은 거야.

아버지가 말한다. 어딘가에서 시계의 초침 소리가 들린다.

아뇨. 하나도 똑같지 않아요.

내가 대답한다.

퍼뜩 정신을 차린다. 불도 끄지 않고 잠이 들었다. 팔을 괸 자세로 누워 있어서 손목에 찬 시계가 귀 바로 밑에 깔렸다.

여기가 어디지? 당황해서 주위를 살핀다. 그러다가 곧 내가 있는 장소가 교회에서 마련한 숙소라는 걸 떠올린다. 빠르게 눈을 감았다 뜨며 날아간 감각을 되찾는다.

비 오는 소리가 고막을 울린다. 시간이 별로 지나지 않은 기분인데 시계를 보니 벌써 아침이다. 나도 모르는 사이에 잠이 들고는 죽은 것처럼 누워 있었던 모양이다.

방에 습기가 차서 그런지 오래 잤는데도 몸이 개운하지 않다. 이불을 걷어 내고 억지로 몸을 일으킨다. 간단한 스트레칭으로 몸을 푼다. 그런 다음 어제 빨아서 널어 놓은 옷가지를 걷는다. 물기만 조금 빠졌을 뿐 전혀 마르지 않았다. 바닥에서 드라이어를 주워 들고 열심히 옷을 말린다.

밥은 든든하게 먹어야 돼.

상담 선생님이 말했다.

이제부터는 규칙적으로 생활하도록 해. 옷도 아무렇게나 입지 말고. 너는 어엿한 성인이잖아. 스스로의 삶에 책임질 줄 알아야지. 규칙적으로 살아. 이건 단순히 그렇게 하면 좋다, 그게 너에게 도움이 된다, 하는 식의 조언이 아니야. 반드시 그렇게 해야 해. 그래야만 너는 앞으로 나아갈 수 있어.

앞으로 나아간다. 나는 어색하게 웃었다. 그러면 지금은 뭔데요? 지금은 그냥 멈춰 서 있는 건가요?

상담 선생님과 나는 비스듬히 앉아서 서로의 얼굴을 보고 있었다. 불편한 자리 배치는 정면으로 마주 보는 것보다 심리적으로 안정감을 주기 때문에 그런 거라고 했다. 그래서 나는 선생님의 얼굴을 떠올릴 때면 언제나 미묘하게 어긋난 상을 바라보고 있을 수밖에 없다. 빌어먹을 심리적 안정감.

상담 선생님은 멋진 사람이었다. 50대가 넘는 중년의 나이도 선생님이 가진 아름다움을 흐리지는 못했다. 나이를 먹을수록 추해지는 사람이 있는가 하면 그 반대의 사람이 있다. 상담 선생님은 후자에 속했다.

일주일에 두 번이었지만 약속 시간이 되면 항상 다른 옷을 입고 단정하게 앉아 나를 맞이하는 상담 선생님의 모습을 볼 수 있었다. 선생님이라는 호칭이 근사하게 잘 어울리는, 외적으로나 내적으로나 반듯한 사람이었다.

물론 그렇다고 해서 내가 언제나 상담 선생님이 하는 말에 귀를 기울인 것은 아니었다. 우리는 자주 부딪혔고 종종 오랜 침묵으로 상대를 압박하기도 했다. 그럴 때면 내가 상담을 받는 건지 이 사람과 싸우는 건지 구분이 되지 않았다. 결과적으로는 그런 과정 또한 상담의 일부였다. 내가 그걸 알게 된 건 비교적 최근의 일이다.

앞으로 나아간다는 게 뭐죠?

내가 물었다. 선생님은 미리 준비한 대답을 내놓는 대신 오랫동안 생각에 잠겼다.

앞으로 나아간다는 건 더 이상 기억에 붙잡히지 않는 거야.

상담 선생님이 말했다. 나는 선생님의 말을 이해하지 못했다.

기억을 잊는다고요?

아니.

그럼요?

더 이상 기억에 붙잡히지 않는 것.

나는 드라이어의 스위치를 내리고 어느 정도 마른 옷을 가방 안에 쑤셔 넣는다. 세면도구를 꺼내 들고 화장실 거울 앞에 서서 신중하게 인중을 점검한다. 면도기를 쓸 필요는 없다. 꼼꼼하게 양치를 한 뒤 얼굴을 씻는다. 머리를 감을 때는 손톱에 두피가 상하지 않도록 주의 깊게 문질러 닦는다.

"결혼하러 가냐?"

"시끄러워."

형이 비웃건 말건 가져온 옷가지 중에 그나마 제일 깔끔해 보이는 걸로 갈아입는다. 그래 봤자 영락없이 집을 나온 코흘리개 중학생처럼 보이겠지만.

가방을 등에 메고 미시즈 산타클로스에게 받은 우산을 챙긴다. 문을 열자 벽을 사이에 두고 막혀 있던 빗소리가 우레와 같이 귓전을 때린다. 그리고 동시에, 열어젖힌 문이 그 앞에서 노크를 하기 위해 손을 들던 목사의 얼굴을 후려갈긴다.

케세라세라가 욕지거리를 뱉으며 양손으로 얼굴을 감싼다. 목사도 이런 상황에서는 욕을 하는구나. 당황스러운 와중에도 그런 한심한 생각이 머리를 스친다.

"괜찮으세요?"

우산을 놓친 목사 쪽으로 손에 든 내 우산을 기울이며 목사에게 다가선다. 케세라세라는 코를 문지르면서 대답 대신 손바닥을 펼친다.

"일찍 일어났네요?"

목사가 말한다. 손목시계는 8시 23분을 가리킨다. 이르다면 이르고 아니라면 아닌 시간이다.

"예. 덕분에 푹 잤어요."

"다행이군요."

목사는 코를 문지르던 손으로 바닥에 떨어진 우산을 줍는다. 별로 세게 부딪힌 것 같지 않았는데 이렇게 보니까 코끝이 새빨갛다.

"세수는 했어요?"

비에 젖은 옷을 털면서 케세라세라가 묻는다. 갑자기 왜 남의 청결 상태에 관심을 가지는지 모를 일이었으나 일단은 "예." 하고 대답한다. 목사는 코를 훔치고 고개를 끄덕인 뒤 교회 앞으로 걸어가기 시작한다.

그럼 안녕히? 아니면 이쪽으로 오세요? 나는 당황해서 제자리에 서 있다가 목사를 따라 걷는다. 사람 사이에 오가는 의례적인 말을 뭉텅이로 잘라 먹는 게 이 사람의 특징인 듯하다.

케세라세라는 교회 문을 열고 안으로 들어간다. 어젯밤에 이곳에서 잠을 잔 건지 문은 잠겨 있지 않다. 겉으로 드러나는 모습만큼 안도 허름하다. 폐교에서 주워 온 것처럼 보이는 책상과 의자가 몇 개 흩어져 있고 곳곳에 성경책이 아무렇게나 널렸다.

바로 정면에 어울리지 않게 거대한 십자가가 걸린 게 보인다. 어디서 보든 신도들의 심리적 안정감이 심각한 타격을 받는 위치다.

"잠깐 이야기 좀 할까요."

케세라세라가 말한다. 무슨 이야기? 할 이야기 같은 건 없다. 형은 입구 앞에 서서 들어오지 않는다. 같이 밖으로 뛰쳐나갔으면 하는 눈치다. 그러나 신세를 진 마당에 느닷없이 뒤로 돌아 도망칠 수는 없는 노릇이다.

간단히 인사만 하고 떠날 생각이었지만 계획을 수정한다. 정오까지는 여유가 있다. 케세라세라가 무슨 이야기를 하려고 이러는지 약간 호기심도 생긴다.

근처에 있는 의자를 끌어오면서 목사가 내 앞의 의자를 가리킨다.

"학생은 왜 집을 떠났죠?"

가방을 내려놓고 자리에 앉자 기다렸다는 듯 목사가 묻는다. 가출은 왜 했냐? 하고 직접적으로 묻지 않은 건 어제저녁에 내가 먼저 가출 같은 건 하지 않았다고 선수를 쳤기 때문일 것이다.

너는 왜 집을 나왔는가. 엿같은 질문 하나가 여행길 내내 뒷덜미를 붙잡는다. 내가 집을 떠나든 태양계를 떠나든 당신들이 무슨 상관인가. 나는 일부러 못 들은 척하고 앉아 있다. 케세라세라는 잠시 틈을 두고 다시 입을 연다.

"나는 열여섯 살에 집을 나왔어요. 매일같이 때리는 아버지를 견디지 못했거든요. 어머니는 나를 사랑하셨지만 아버지를 말리지는 않았죠. 그러기에는 너무 약한 사람이었으니까. 별것도 아닌 이유로 손을 대는 아버지를 보면서 나는 불현듯 이런 예감이 들었습니다. 언젠가 내가 아버지 손에 죽지 않으면 내 손으로 아버지를 죽이겠구나. 이 사람과 떨어지지 않으면 틀림없이 그렇게 되겠구나."

나는 어중간하게 고개를 끄덕인다. 아버지는 목사의 아버지처럼 형과 나를 때리지는 않았다. 뭔가 잘못을 저질렀을 때 혼을 내는 건 언제나 엄마의 몫이었다. 엄마가 화를 내면 아버지는 마지못해 몇 마디 덧붙이는 시늉을 했다. 엄마가 죽은 후에는 껍데기뿐인 시늉조차 하지 않았다.

아버지는 벽과 같지. 형이 말했다. 그저 날마다 낡아 갈 뿐인 사람이야. 나는 몇 년 후 아버지에게 형에게서 들었던 말을 그대로 전해 주었다. 아버지는 벽이에요. 방에 앉아 술을 홀짝이던 아버지는 대꾸하지 않았다. 대신 구겨진 지폐를 건네며 가서 술 좀 더 사 와라, 하고는 빈 병을 구석으로 치웠을 뿐이다.

"뚜렷한 목적 없이 무작정 거리로 나왔어요."

목사가 말한다.

"거리에서도 좋은 일은 벌어지지 않았죠. 짧게 아르바이트를 하거나 모르는 이에게 구걸하면서 틈틈이 도둑질을 했어요. 남의 물건을 슬쩍하는 데는 경력도 기술도 필요 없었거든요. 지갑이나 열쇠 따위를 아무렇게나 내놓고 다니는 바보 같은 사람이 넘쳤으니까."

케세라세라는 너 말이야 이 병신아, 하고 덧붙이지 않는다.

"훔치고, 맞고, 때리고, 경찰서를 집처럼 드나들었죠."

케세라세라는 잠깐 말을 끊는다.

그러는 동안 바깥에는 엄청나게 많은 비가 쏟아져 내린다. 조물주가 자신의 작품에 싫증이 난 나머지 지구에 직접 강림해서 모조리 폐기하기로 결정한 것 같은 날씨다. 애들아, 안녕? 애들아, 안녕!

목사의 이야기가 계속된다.

"진탕 속에서 나를 꺼내 준 건 어떤 늙은 목사님이었습니다. 선량한 분이셨어요. 처음에는 완강하게 거부했지만, 결국 나는 목사님과 함께 교회에 나왔습니다. 그리고 깨달았죠. 밑바닥에서 허우적거리는 인생이라도 붙잡을 끈이 있다는 걸. 세상에는 언제 어디서든 나를 보듬어 안고 격려해 주는 사랑이 존재한다는 걸 말이에요."

창문을 두들겨 패는 빗소리 속에서도 열기를 띤 목사의 말은 교회 안에 또렷이 울려 퍼진다. 케세라세라는 반응을 살피려는 듯 나를 슬며시 바라본다.

유감스럽게도 나는 별로 감명받지 않았다. 뭔가를 계기로 인생이 변했다는 사람들의 이야기는 좀처럼 나에게 먹혀들지 않는다. 어둠뿐이었던 과거를 떨치고 빛이 가득한 미래로 나아간다? 그런 일은 벌어지지 않는다.

과거는 죽어 가는 심장이다. 썩은 피를 토해서 사람을 조금씩 병들게 만들지만 몸에서 빼내고는 살 수 없다.

사람은 변하지 않아. 형이 말했다. 어떤 점에서는 아버지가 옳을지도 모르지. 변하는 건 아무것도 없어. 언뜻 달라진 것처럼 보일 수는 있겠지만, 결국 마찬가지야. 언젠가는 모두가 돌아오게 되어 있는 거야. 내가 아니라고 믿고 있던 자신으로.

나는 형의 말을 어느 정도 이해했다. 그리고 형이 짊어질 수밖에 없었던 불행에 대해서도.

끈을 놓아 버리면 안 돼. 내가 이런 이야기를 털어놓자 상담 선생님이 말했다. 사람은 유령이 되어서는 살 수 없어.

"학생 같은 사람이 많습니다. 행복은 멀리 있지 않아요. 조금만 마음을 고쳐먹어 보세요. 용서하고, 인내하고, 내 주변 사람부터 아껴 보세요."

목사가 말한다. 나는 아무 말도 하지 않으려고 했다. 그렇지만 나도 모르게 이렇게 묻는다.

"왜 저한테 그런 이야기를 하시죠?"

기대했던 반응이 아닌지 케세라세라는 당황하는 기색이다. 그러나 정작 내가 묻고 싶었던 말은 이것이다.

그래서 어쩌라는 거야?

당신들이 나에 대해서 도대체 뭘 안다고?

가방을 들고 자리에서 일어선다. 형의 행동을 따르지 않은 게 후회스럽다. 미련 없이 등을 돌리려는 순간, 목사가 강한 힘으로 내 팔을 움켜쥔다.

"마음을 열어요. 노력하지 않고 투덜거리기만 하면 아무것도 얻을 수 없어요. 학생이 지금 잘못된 길을 가고 있다는 걸 모르겠어요?"

목사가 말한다. 나는 케세라세라에게 잡힌 팔을 비틀어 빼낸다. 가슴이 정신 나간 놈처럼 뛴다. 겨우 하룻밤 신세를 졌을 뿐인데 너무 많은 대가를 치르고 있는 기분이다.

케세라세라는 의자에 앉은 채 나를 지켜본다. 이런 상황인데도 그의 눈에서는 진심으로 상대를 걱정하는 기색이 엿보인다. 미칠 노릇이다.

나는 할 말을 찾지 못하고 엉거주춤 서 있다. 목사가 다시 입을 연다.

"뭔가 문제를 안고 있죠? 그래서 집을 나온 거 아닙니까? 내가 도와줄 수 있습니다. 말을 해 봐요."

"무슨 상관이신데요? 문제 같은 건 없어요."

말을 꺼내면서도 기가 막히게 진부한 문제아의 변명처럼 들린다는 생각이 든다.

때로는 사람들 사이에 박힌 뚜렷한 편견이 설명하기 어려운 진심보다 더 진짜같이 느껴질 때가 있는 법이다. 그렇기 때문에 말로는 아무것도 설명할 수 없다. 뭔가를 그럴듯하게 설명할 수 있다 하더라도, 실제의 걸 있는 그대로 표현하기란 불가능에 가깝다.

그런데도 사람들은 짐짓 대화로 모든 걸 해결하는 게 가능한 것처럼 굴면서 끊임없이 설명을 해 대고 또 요구한다.

어깨에 가방을 메고 돌아선다. 인사 없이 곧바로 걸어서 나갈 생각이다. 그런데 그럴 수가 없다.

"그 많은 돈이 어디서 난 거예요?"

케세라세라의 질문이 발목을 잡는다.

6 견디기 힘든
하루가

계속되고

　당장 가방 안에 든 돈뭉치를 꺼내 확인해 보고 싶은 충동을
간신히 억누르며 고개를 돌린다. 의자에 앉은 케세라세라가 이
쪽을 물끄러미 보고 있다.

　나는 가방을 의식하지 않으려고 애쓰면서 입을 연다.

　"돈이라니요?"

　무의미하게 느껴지지만 일단 시치미를 뗀다. 목사가 작게 한
숨을 쉰다.

　"간밤에 불이 켜져 있는 걸 보고 잠깐 들렀어요. 물어볼 게 있
어서. 자고 있더군요."

　"그래서, 뭘 묻는 대신 가방을 뒤졌어요?"

"연락처라도 알게 되면 집에 돌려보낼 수 있지 않을까 해서 그런 겁니다. 나쁜 의도는 없었어요."

나에게는 그 정도로도 충분히 나쁜 의도로 읽힌다. 목사가 믿든 말든 나는 정말 여행 중이고 언젠가는 집으로 돌아갈 생각이다. 그러나 아직은 그럴 때가 아닌 것이다.

다시 골치 아픈 질문이 나오기 전에 서둘러서 자리를 피해야 한다. 그러나 케세라세라는 이대로 나를 보내 줄 생각이 없다.

목사가 말한다.

"혹시 위험한 일에 발을 들이고 있는 거면 지금이라도 괜찮으니까 털어놔 봐요."

나는 입을 열지 않는다. 무슨 말을 하든 소용이 없을 게 뻔하다.

도와줄게. 괜찮아. 엄마가 죽고 난 뒤 며칠 동안 그런 종류의 선의는 구역질이 날 정도로 많이 받았다. 다들 나를 어머니를 떠나보내고 실의에 빠져서 방황 중인 나약한 애새끼라고 생각하고 있었다. 그러나 무차별적인 선의는 사실 무차별적인 악의와 아무런 차이도 없는 것이다.

목사가 뭐라고 말을 꺼내려는 순간 타이밍 좋게 입구 쪽에서 형이 걸어 들어온다. 내가 문 쪽으로 시선을 던지자 케세라세라는 입을 다문다.

"아직도 이러고 있냐?"

형이 묻는다. 나는 가만히 서서 케세라세라에게 시선을 옮긴다. 목사는 굳은 결심을 한 것처럼 혼자 고개를 끄덕이더니 자리에서 일어선다.

"어쩔 수 없군요." 목사가 말한다. "학생이 말을 하지 않으니 도리가 없네요. 근처에 있는 청소년상담소로 데려다주겠습니다. 거기서 좀 더 체계적인 도움을 받을 수 있을 거예요."

"나는 아무 도움도 필요하지 않아요."

"도움이 필요한 아이들 대다수가 학생처럼 말을 합니다."

목사가 딱 잘라 말한다. 돌아서서 나갈 수 있을 때 그렇게 하지 않은 게 실수다. 이번에는 케세라세라가 내 소매를 붙잡고 봐주지 않는다. 꼼짝없이 청소년상담소인지 뭔지 하는 곳에 끌려갈 판이다. 그대로 성큼성큼 입구 앞까지 걸어간 목사가 우산을 챙긴다.

비가 기세를 더해 한층 더 지랄맞게 내린다. 금방 그칠 것 같지 않다. 목사와 함께 우산을 쓰고 마지못해 걷는다. 바람이 심하게 불어서 우산은 별로 도움이 되지 않는다. 빗줄기가 사방으로 튄다. 정말로 세상이 망할 징조처럼 보인다. 아니면 내 여행이 망할 징조거나.

걸어가는 도중에 목사가 말을 했지만 빗소리에 묻혀서 들리지 않는다. 나는 "뭐라고요?" 하고 반복해서 묻다가 포기하고 우산을 받쳐 드는 데 집중하기로 마음먹는다. 그리고 한참을 걸어간다.

목사에게 잡힌 소매를 끌어당기는 동시에 비와 싸우며 걷느라 배터리가 다 된 장난감처럼 진이 빠진다. 목사는 아무렇지도 않은지 나를 옆에 달고서 척척 걸음을 옮긴다. 아무리 걸어도 끝이 보이지 않는 길이다. 케세라세라의 근처는 내가 생각하는 근처와 많이 다른 것 같다.

고개를 돌리니 형이 뒤편에서 느긋하게 걸어오는 모습이 보인다. 목사의 갑작스러운 개입에도 개의치 않는 표정이다. 형의 태연한 얼굴을 보자 갑자기 화가 치민다. 아무리 생각해도 내가 순순히 목사의 의도에 따라 청소년 어쩌고 하는 곳에 붙잡혀 갈 이유는 없었던 것이다.

결판을 짓고 억지로 헤어지든지 아니면 사타구니라도 걷어차고 도망치든지 해야겠다고 결심하고 입을 여는데 케세라세라가 걸음을 멈춘다. 나는 당황해서 케세라세라를 본다. 목사가 앞에 있는 건물을 가리킨다.

"안녕하세요."

우산을 털고 건물 입구에 있는 우산꽂이에 넣으며 케세라세라가 인사한다. 바로 앞의 접수대에 앉아 수첩에 뭔가 끄적거리던 젊은 여자가 피곤한 표정으로 목사를 맞이한다.

"자주 오시네요."

여자가 말한다. 귀찮아하는 기색을 보니 케세라세라가 이런 식으로 사람을 데려온 게 한두 번이 아닌 모양이다.

"소장님 계십니까?"

목사의 물음에 여자가 건성으로 고개를 끄덕인다.

청소년상담소라고 해서 깔끔하게 꾸민 사무적인 공간을 떠올렸는데 케세라세라의 교회와 별반 다를 것 없이 낡고 어색한 장소다. 소장실이라고 쓰인 명패를 향해 걸어가면서 여자와 비슷한 표정으로 전화를 받고 있거나 책상 정리를 하거나 멍하게 시간을 낭비하는 사람들을 지나친다.

"다들 의욕이 넘치는데?"

주변을 살피던 형이 간단하게 감상을 표한다. 나는 대꾸할 기운도 없어서 그냥 피식 웃는다.

청소년상담소의 소장이라는 사람은 환한 웃음을 얼굴 전체에 억지로 심어 넣은 것처럼 보이는 중년 여자다. 어설프게 만든 마스코트 인형처럼 무시무시한 인상이다.

"또 오셨군요. 잘 지내셨나요?"

자리에서 일어난 마스코트 인형이 반갑게 목사를 맞이한다. 목사는 소장과 의례적인 악수를 나누면서 "잘 지내셨습니까." 하고 인사를 받는다.

소장은 뒤이어 나에게도 눈부신 웃음을 지어 보이고는 "안녕하세요?" 하고 인사한다. 나도 마지못해서 "안녕하세요." 하고 까딱 고개를 숙인다.

마스코트 인형은 책상 앞에 도로 앉지 않고 그대로 걸어오더니 벽 쪽에 비치된 의자를 세 개 끌어와 삼각형으로 된 구도를 만든다. 잠깐 동안 이게 무슨 일인지 어안이 벙벙하다. 목사는 익숙한 듯 의자에 앉는다. 책상 서랍에서 두꺼운 수첩을 꺼내 든 소장도 자리에 앉는다.

"오늘은 무슨 일로 오셨나요?"

마스코트 인형이 예의 그 진한 웃음을 날리면서 목사에게 묻는다. 케세라세라는 간단하게 나를 데려오게 된 경위에 대해 설명한다. 노숙자 사이에서 밥을 먹은 일. 교회를 찾아와서 하룻밤 묵은 일. 그리고 어린아이치고 지나치게 많은 돈을 가지고 다닌다는 것까지.

날마다 설교하는 게 일상인 사람이라 그런지 부드럽게 말을 잇는 솜씨가 보통이 아니다. 가만히 듣다 보니 정말로 내가 누군가의 도움을 간절히 구하는 가출한 머저리처럼 느껴질 정도다.

"그러셨군요."

케세라세라의 설명이 끝나자 크게 고개를 끄덕이며 마스코트 인형이 말한다. 목소리 톤이 헬륨가스를 들이마신 것처럼 높고 날카롭다.

"정말 훌륭하세요."

접수대에 있던 여자처럼 수첩에 끊임없이 뭔가를 적으면서 소장이 입을 연다. 물론 내가 아니라 목사에게 하는 말이다. 케세라세라는 머쓱한 웃음을 지으며 "아닙니다." 하고 대답한다.

훌륭하세요에서 아닙니다로 이어지는 말의 묶음만큼 멍청한 대화가 또 있을까. 형이 넌더리를 내면서 밖으로 나간다.

"무슨 일이 있었던 거예요?"

마스코트 인형이 묻는다. 눈은 나를 보고 있지만 손은 여전히 무릎에 내려놓은 수첩 위를 달린다.

딱히 받아 적을 만한 이야기가 나온 것 같지도 않은데 뭐 저렇게 쓸 게 많은지 모르겠다. 겸손한 예술가라면 노래 가사로 쓰일 만한 한두 마디만을 머릿속으로 기억하려 했을 것이다.

"당장 구체적인 문제에 대해 말할 필요는 없어요. 가벼운 것부터 시작해도 괜찮아요. 집은 왜 나왔죠? 부모님의 간섭이 심했나요?"

소장이 묻는다. 한껏 꾸민 목소리가 고막을 뚫고서 뇌를 찌른다.

"아무도 간섭 같은 거 하지 않았어요."

내가 대답한다. 소장과 목사가 미심쩍은 눈초리를 보낸다.

이 사람들은 머릿속으로 미리 정해 놓은 그럴듯한 답변이 나올 때까지 만족하지 않을 것이다. 울음이라도 터뜨리면서 정말 외롭고 힘들었어요! 하고 달려들지 않으면 언제까지고 못마땅한 표정으로 바라보고 있을 인간들이다.

부모님의 간섭이 심했냐고? 나에게 간섭하는 사람은 아무도 없었다. 엄마는 일찍 죽었고, 아버지는 우리에게 조금도 상관하지 않았으니까. 누가 총을 쏘든 대포를 쏘든 그건 그 사람의 인생이라는 게 아버지의 지론이었다.

형은 어디에 쑤셔 박혀도 아버지의 다정한 손길이 찾아오지 않는다는 걸 냉정하게 인정했지만 나는 그러지 못했다. 엄마가 죽고 난 뒤에는 정말이지 대포라도 쏘고 싶은 심정이었다. 내가 탱크를 타 본 적이 없다는 게 유감이다. 경고, 누르지 마시오라고 쓰인 빨간색 버튼을 힘차게 눌렀을 텐데.

남은 가족에게 간섭했던 사람은 오히려 나였다. 아니, 이 경우에는 뒷수습이라고 해야 하나. 아버지가 술 때문에 길바닥에 쓰러져서 병원에 실려 갔던 적이 있다. 밤늦게까지 시험 대비 공부를 하던 나는 병원에서 온 연락을 받고 깜짝 놀라 급히 아버지가 있는 곳으로 달려갔다. 거기서 의사에게 아버지의 건강 상태에 대해 몇 가지 주의사항을 듣고 있는데, 이번에는 경찰서에서 연락이 왔다.

아버지가 술에 떡이 되어 바닥을 뒹굴 때 형은 도로 한복판에서 피투성이가 되도록 싸우는 중이었다. 언제나 그렇듯 눈에 보이는 싸움은 형이 이겼지만 결과적으로는 진 거나 마찬가지였다. 엄마가 남기고 간 몇 푼의 돈과 상당한 양의 보험금은 대부분 아버지의 병원비와 형이 친 사고의 합의금으로 사라졌다.

병원 대기실에서 바짝 마른 입술을 깨물며 아버지가 멀쩡한 모습으로 나오기를 바라는 것이나 수갑을 찬 형이 오랜 실랑이 끝에 합의서에 서명하는 걸 지켜보는 건 일상처럼 흔한 일이었다. 누구도 간섭하지 않는 삶 속에서 나는 자연스럽게 참고 인내하는 법을 배웠다. 힘든 날도 물론 있었지만 계속해서 같은 상황이 반복되다 보면 그런 일쯤은 얼마든지 감당할 수 있게 된다.

내가 길게 이야기를 이어 갈 거라고 생각했는지 케세라세라와 마스코트 인형은 계속 기다리는 눈치다. 그러나 나는 입을 다물고 가만히 앉아 있다. 청소년상담소의 적막한 소장실 안은 몰아치는 빗소리와 간간이 울리는 전화벨 소리, 그리고 밖에서 떠드는 직원들의 목소리로 가득 찬다.

나는 이곳에서 불필요한 호의를 받고 있는 손님이다. 차라리 누가 수류탄이라도 집어 던져 줬으면 하는 바람이 든다. 그렇게 운 좋은 일이 벌어진다면 거리낌 없이 자리를 박차고 일어날 텐데.

무슨 말을 하지? 초조한 심정으로 케세라세라와 마스코트 인형을 쳐다본다. 상담 선생님이라면 이렇게 대꾸했을 것이다.

아무것도 말할 필요 없어.

그건 처음 상담 선생님과 대면했을 때 우리가 나눈 유일한 대화였다. 무슨 말을 하죠? 아무것도 말할 필요 없어. 그다음 대면도, 그다음 대면도 마찬가지였다.

그래서 나는 한 달 동안 상담 선생님과 마주 보며 아무것도 말하지 않았다. 선생님이 가져온 휴대용 스피커로 음악을 들을 때도 있었고 사무실의 큼직한 모니터로 영화를 볼 때도 있었다. 가끔 그런 것들에 대한 감상을 주고받는 일은 있었지만, 우리는 무려 한 달이나 서로에게 아무 말도 하지 않았던 것이다.

"그만 가자. 늦겠다."

할 말을 찾지 못해 머뭇거리는데 마침 문밖에 서 있던 형이 슬쩍 고개를 내밀고 재촉한다. 손목시계를 확인하니 어느새 정오에 가까운 시각이다.

"약속이 있어서요."

이렇게 말하고 자리에서 일어선다. 그리고 목사가 뭐라고 하기 전에 얼른 덧붙인다.

"저녁에 다시 올게요."

저녁에 다시 올 생각 같은 건 없다. 목사도 소장도 알고 있을 거다.

강제로 이곳까지 행군해 온 케세라세라는 더 붙잡을 도리가 없다고 판단했는지 굳은 표정으로 나를 보고만 있다. 마스코트 인형이 수첩을 내밀며 연락처를 요구한다. 나는 아무 번호나 적어서 소장에게 건넨다. 다행히 그 자리에서 바로 확인하지는 않는다.

"학생은 어디로 가야 할지 모르고 있어요."

목사가 말한다. 목사에게는 안된 일이지만 나는 정확히 어디로 가야 할지 알고 있다.

가방을 챙겨서 어깨에 메고 목사와 소장에게 인사한다. 입구까지 나와 배웅하는 사람은 없다.

"겨우 해방이네." 밖으로 나오면서 홀가분한 듯 형이 기지개를 켠다.

쏟아지는 빗줄기를 뚫고 앞으로 걸어가는 도중에 나는 왠지 조금 우울해진다. 내가 말없이 걷자 형도 더 말하지 않는다.

우스운 일이다. 이 와중에도 내가 두 사람에게 미안한 마음을 느끼고 있었던 것이다. 그 사람들이 못된 사람들이라고는 생각하지 않는다. 어떻게든 가엾은 청소년을 돕기 위해 손을 내밀려고 하는 의도는 잘 알 수 있었다. 사실이 아니라고 해도 그 사람들의 머릿속에는 내가 구제에 실패한 아이들 중 한 명으로 남을 터였다.

"그건 위선이야. 네가 거기에 미안해할 필요는 없어."

형이 말한다.

"알아."

내가 대답한다. 하지만 안다고 해도 어쩔 수 없이 그렇게 되어버리는 때가 있다.

거리에는 사람이 별로 없다. 다들 건물 처마 밑에 들어가 있거나 무자비한 속도로 나타났다가 사라지기를 반복한다.

19번을 만나려면 전철을 타고 조금 멀리 가야 한다. 미시즈 산타클로스의 우산은 어제 비를 하도 많이 맞아서 약간 흐물거리지만 여전히 쓸 만하다. 미친 소처럼 들이받던 바람이 시간이 지날수록 잠잠해진다.

비에 젖은 공기가 뻑뻑하게 굳은 머릿속을 조금이나마 맑게 풀어 준다. 나는 숨을 크게 들이쉬고 부지런히 걸음을 옮긴다. 비가 내리면 공기 중에 떠다니던 지저분한 먼지들이 가라앉아서 한동안 맑은 세상이 된다는 이야기를 들은 적이 있다. 그러니까, 고등학교 시절에 사귄 친구가 그런 말을 했다.

4B연필을 들고 다니며 날마다 신중하게 깎는 걸 삶의 낙으로 삼는 녀석이었다. 친구의 필통 안에는 4B연필이 5천 개쯤 들어 있었다. 4B연필을 가지고 뭘 쓰거나 그리는 것도 아니었다. 그냥 4B연필을 깎는 게 즐거워 보였다. 이유를 묻자 친구는 멋쩍게 웃으면서 뭔 이유가 있겠냐? 그냥 재밌어서 하는 거지, 하고 대답했다.

나는 비 오는 날이 좋아. 언젠가 친구가 대뜸 그런 말을 했다. 날씨가 살을 베는 것처럼 추운 겨울의 어느 날이었다. 비 오는 날에는 공기가 좋거든. 아마 사방에 날리는 먼지가 다 씻겨 나가기 때문에 그런 거겠지. 하루 종일 비가 왔으면 좋겠어.

그러면 난리 난다. 수해가 얼마나 심각한 문제인데. 나는 조금 쌀쌀맞게 대꾸했다. 친구는 어깨를 으쓱해 보였다. 그럼 하루 종일 수해를 일으키지 않을 정도의 비가 왔으면 좋겠어.

학교에서 내가 호감을 느끼는 사람은 드물었는데 친구는 그 드문 사람 중에 한 명이었다. 그러나 우리의 우정이 막 싹을 틔울 무렵 친구의 부모님이 직장을 옮겼고, 친구는 부모님을 따라 먼 곳으로 이사를 가 버렸다.

내가 나중에 4B연필 공장 사장이 되면 그때 너한테 최고급품으로 한 세트 보내 줄게. 떠나는 날에 친구가 말했다. 나는 별로 되고 싶은 게 없었기 때문에 아무 약속도 하지 못했다. 우리는 그렇게 헤어졌다.

친구에게 어디로 가는지 물어보지 않은 게 조금 후회된다. 만약 그랬다면 지금쯤 나는 친구를 만나기 위해 어딘가에서 기차를 타고 있었을 것이다. 원하는 곳이면 어디든 나아갈 각오가 되어 있지 않은 때였다. 때로는 스스로를 지금보다 높게 평가할 필요가 있다. 그러지 않으면 분명히 후회하는 순간이 온다.

다들 좋은 대학에 가기 위해서 혈안이 되어 있던 시기였다. 꿈이 뭐냐고 물으면 어디 대학에 입학하는 것, 혹은 무슨 자격증을 따서 취직하는 것이라고 대답하는 멍청한 놈이 가득했다. 친구는 4B연필을 만드는 공장의 사장이라는 명확한 미래를 가지고 있었다. 거기서 소규모로 꾸린 직원과 함께 근무 시간 내내 사무실 구석에 앉아 4B연필을 깎을 거라고 했다.

어른들은, 심지어 친구의 부모님마저도 고개를 흔들며 어처구니없어했지만 나는 4B연필을 깎으며 세월을 보내는 것도 그런 대로 괜찮은 삶이라고 생각했다. 그런 걸 하찮게 여긴다면 세상에 어떤 인생을 가치 있다고 할 수 있을까.

한참을 걸어간 끝에 역으로 내려가는 계단을 발견한다. 우산을 접고 역과 연결된 지하로 향한다. 도중에 벽에 붙은 약도를 보고 갈 길을 머릿속으로 정리해 둔다. 여러 종류의 상점이 들어선 지하 매장 안은 쏟아지는 비를 피해 내려온 사람들로 빽빽하다.

부주의하게 걷다가 다른 사람과 부딪히는 걸 피하기 위해 조심스럽게 걷는다. 환기가 되지 않아 탁한 지하는 지옥의 한 귀퉁이를 연상시킨다. 사람들의 표정에 하나같이 불만이 가득하다. 발 디딜 틈 없는 장소 때문에 스트레스를 받고 있는 것 같다.

그러나 그런 것과 상관없이 개찰구 근처에서는 재미있는 광경이 펼쳐진다. 웬 광대 분장을 한 남자가 산더미 같은 풍선을 손에 들고서 오가는 사람에게 하나씩 나누어 주고 있던 것이다. 무슨 홍보를 하는 건가 싶었는데 자세히 보니 그런 모습이 아니다.

남자는 제자리에 가만히 선 채 자기 앞을 지나는 사람에게만 오색찬란한 풍선 뭉치 중 하나를 빼서 불쑥 내민다. 소스라치며 도망치는 사람이 있는가 하면 적극적으로 나서서 받는 사람이 있다. 그리고 나처럼 호기심 어린 표정으로 멀찍이서 지켜보는 사람도 있다.

파란색 파마 가발에 부피가 큰 광대 옷을 입었기 때문에 특징을 잡아 낼 수 없는 인상이다. 얼굴에 하얗게 분칠을 하고 눈 밑에 장난스러운 눈물방울을 찍었다. 가장 눈에 띄는 건 파란색으로 칠한 코다.

"보통은 빨간색 아니야?" 내가 묻자 형은 "머리색이랑 맞춘 거겠지." 하고 대답한다. 정말 그런 이유 때문인지는 모르겠지만 아무튼 그 외에는 평범한 광대다. 평범한 광대라는 표현이 맞는 건가 싶지만.

사람들에게 공짜로 뭔가를 나누어 주고 있다는 점에서 호감이 가는 남자다. 아무 말도 하지 않고 서 있는 것도 마음에 든다. 원래 광대는 말이 없던가.

화장에 가려서 잘 보이지 않지만 남자는 우울한 얼굴이다. 물론 광대 분장을 하고 개찰구 앞에서 풍선을 뿌리는 게 그렇게 재미있는 일은 아닐 것이다. 힘들면 그만두면 될 텐데.

교회에서 청소년상담소를 거치면서 생각보다 시간을 낭비했기 때문에 정오까지 시간 여유는 얼마 되지 않는다. 그렇지만 나는 어느새 마음을 정하고 우울한 광대 앞으로 다가간다.

남자는 기계적인 몸짓으로 나에게 보라색 풍선을 하나 건넨다. 풍선을 받아 들면서 "고맙습니다." 하고 인사한다. 우울한 광대는 아무 반응도 보이지 않는다.

"왜 여기서 풍선을 나눠 주고 계시죠?"

가던 길을 갈 것처럼 몸을 틀었다가 기습적으로 질문한다. 남자는 동요하지 않는다. 우울한 광대는 내 얼굴을 힐끗 보았다가 묵묵히 정면으로 시선을 돌린다.

"귀가 안 들리는 사람은 아니네."

형이 말한다.

"말을 못 하는 걸 수도 있지."

내가 대꾸하자 형은 탐탁지 않은 듯 고개를 젓는다.

"그렇든 아니든 넌 지금 이 사람을 귀찮게 하고 있어."

맞는 말이다. 나는 남자에게 더 말을 거는 대신 받은 풍선을 자세히 살핀다. 언뜻 보기에는 별다른 특징이 없는 단색 풍선이다. 하지만 끈질기게 뜯어본 결과 풍선 아래쪽에 작은 글씨로 뭔가 적힌 걸 찾아낸다.

오늘도 좋은 하루를 보내고 있습니다.

"오늘도 좋은 하루를 보내고 있다고?"

형이 얼빠진 목소리로 풍선 밑에 새겨진 글을 읽는다. 금연 광고에 집어넣으면 어울릴 것 같은 문구다.

나는 이게 도대체 개찰구 앞에 서 있는 광대와 무슨 관련이 있을까 곰곰이 생각한다. 차라리 오늘도 좋은 하루를 보내고 계십니까? 라는 문구였다면 쉽게 이해했을 거다.

우울한 광대가 별로 좋아하지 않겠지만 풍선을 가리키면서 다시 말을 건다.

"모두 같은 글이 적혀 있나요?"

남자는 침묵을 지킨다. 나는 가만히 남자를 바라본다. 그러는 동안 몇몇 사람이 광대와 내가 선 자리를 지나친다. 우울한 광대는 아까처럼 풍선을 내밀지 않는다. 그러니까 내가 던진 몇 개의 질문이 남자가 마련해 놓은 무의식의 쓰레기통 속에 완전히 들어가 버리지는 않은 것이다.

오랜 시간이 지난 뒤에 파란 코의 광대가 천천히 나에게 시선을 맞춘다.

"그래."

나는 조금 당황한다. 우울한 광대의 목소리가 가냘픈 여성의 것이었기 때문이다. 남자가, 아니 방금까지 내가 남자로 오해하고 있던 광대가 말을 잇는다.

"나는, 이 풍선들, 속에 내 숨을 섞었어."

끊어질 것 같으면서 끊어지지 않는, 전혀 힘이 실리지 않은 묘한 말투다. 말을 하다가 갑자기 쓰러지는 게 아닐까 염려스러울 정도다. 나는 여자가 앞으로 고꾸라질 경우를 대비해서 오른손에 들고 있던 풍선을 왼손으로 옮겨 쥔다. 그래야 광대의 몸을 받쳐 주기 편할 테니까.

"어디 불편한 데 있으세요?"

내가 묻는다. 형은 쓸데없는 참견이라며 투덜거렸지만 어쩐지

나는 우울한 광대와 좀 더 이야기를 나누고 싶다. 여자는 뭔가 불안한 듯 풍선 꾸러미를 짧게 잡고 오가는 사람들 쪽으로 눈을 돌린다.

어디서 이 많은 사람이 오는지 모를 일이다. 처음 들어왔을 때보다 더 많다.

"나는, 아무도 아닌 사람. 열심히 살았지만, 아무것도 아닌, 그런 사람. 견디기, 힘든 하루가 계속되고."

광대가 말한다. 그제야 나는 이 사람이 보통의 사람과 다르다는 걸 눈치챈다. 여자의 눈 밑에 칠해진 눈물방울이 똑 떨어져 내릴 것 같다.

우울한 광대는 힘겹게 말을 뱉는다.

"그렇지만 나는, 너에게 풍선을 주었어."

광대는 여전히 사람들을 보고 있다. 나는 여자를 향해 풍선을 흔들면서 대답한다.

"그래요. 여기 들고 있어요."

"나는, 너에게 무언가를, 준 사람이야."

우울한 광대는 이쪽을 쳐다보지 않고 말한다.

정말로 이상한 일이다. 대화를 주고받는 그 짧은 시간에 내가 여자의 말을 완벽하게 이해했던 것이다. 여자는 나에게 풍선을 준 사람이다. 그건 실제로 벌어진 일이고, 지워지지 않는 사실이다. 방금까지만 해도 누군가 나에게 저 사람은 뭐야? 하고 물었다면 나는 잘 모르겠는데, 하고 대답했을 것이다. 그러나 이제는 다르게 말할 수 있다.

사소한 행동.

우리가 서로에게 의미가 되는 순간들.

내가 뭘 깨달았는지 광대에게 말해 주고 싶다. 당신이 무슨 말을 하는지 알았다고. 그러나 나는 아무 말도 하지 않는다. 대신 우울한 광대가 더 많은 사람에게 풍선을 나누어 줄 수 있도록 자리를 비킨다.

여자에게서 멀어지자 그사이를 수많은 사람이 메워 가기 시작한다. 비가 질리도록 쏟아지는 날이고 세상 사람은 전부 지하에 있다.

"광대를 좋아하는 줄 몰랐는데."

형이 말한다.

"광대를 좋아하는 게 아니야. 그냥 궁금했던 거지."

"그래. 덕분에 성사될 가능성이 없는 데이트가……, 성사될 가능성이 없어졌네."

표를 끊으면서 손목시계를 본다. 11시 23분이다. 개찰구를 지나 서둘러 플랫폼을 향해 올라간다.

따로 천장이 설치되지 않은 역이었기 때문에 우산을 펼친다. 튼튼했던 우산은 업무량 초과로 늘어져서 매끄럽게 펴지지 않는다. 밖으로 나가지 않고 계단 끝에 머물러 있는 것도 괜찮은 생각이다. 거기가 사람들로 미어터지지 않았으면 기꺼이 그랬을 거다.

쏟아지는 비를 견디며 플랫폼 위에 서 있는 사람은 별로 없다. 습관적으로 플랫폼의 끄트머리까지 무작정 걷는다. 나는 어디에서든지 맨 뒤에 가 있는 버릇이 있다. 버스나 전철, 혹은 극장이나 교실. 안 그래도 인적이 드문 플랫폼의 끝에 다다르자 주위에는 아무도 보이지 않는다.

문득 지독한 외로움이 찾아온다. 누가 떠민 것도 아니고 스스로 사람들이 없는 장소로 걸어와 놓고서 이런 감정을 느낀다는 게 우습지만, 정말 그랬다. 나는 지독하게 외로웠다. 누구든 붙잡고 아무 말이나 내뱉고 싶다. 나의 이야기를 하고 싶다. 밤이 새도록 정신 나간 사람처럼 주절거리고 싶다.

우산을 움켜쥐고 숨을 고르며 느닷없이 찾아온 고독이 자연스럽게 수그러지기를 기다린다.

견딜 수 있겠어? 수화기 너머로 형이 물었다. 무너지지 않고 버틸 수 있겠어? 형이 말없이 집을 나간 뒤 이틀 만에 걸려 온 전화였다. 형은 겁쟁이야. 나는 형에게 말했다. 형은 겁이 나는 거야. 한 번도 부딪쳐 본 적 없으면서 스스로 감당할 수 없다고 미리 정해 놓고 도망치고 있는 거야. 그건 비겁한 짓이야.

형은 말이 없었다. 그러나 나는 형이 수화기 저편에서 조용히 내 말을 듣고 있다는 걸 알았다.

돌아와, 형.

내가 말했다.

잘 있어.

형이 말했다.

이런 말을 하기는 싫지만, 형은 다른 사람들이 기대하는 만큼 강한 인간은 아니었다. 이제는 그걸 애써 부정하지 않는다. 형은 능숙하게 연기를 했다. 마음만 먹으면 뭐든지 연기할 수 있는 진짜 연기자였다. 그러나 아무리 감쪽같이 다른 인물을 연기하고 있다 해도, 그게 형의 본모습이 될 수는 없었다.

우울한 광대의 본모습은 어떤 것이었을까. 전철이 들어오기를 기다리면서 생각한다. 두꺼운 화장 속에 감추어진 여자의 진짜 얼굴이 보고 싶다.

7

누구나
그럴 수는
없다

전철이 도착하자 계단 끝에 서 있던 사람들이 동시에 몰려든다. 내가 느끼고 있던 외로움도 거기서 끝난다.

쓸쓸하던 플랫폼은 내리고 타는 인파로 순식간에 아수라장이 된다. 나는 뒤에서 치고 들어오는 사람들에게 밀려 자의 반 타의 반으로 전철 안에 제일 먼저 발을 디딘다. 덕분에 빈자리가 코앞이다. 가방을 발밑에 두고 손에 든 풍선이 터지지 않도록 무릎 위에 올려놓는다.

"소나기가 내리고 있는 관계로 전철 운행이 원활하지 않습니다. 현재 탑승 인원이 많으니 승객 여러분께서는 서로 양보하고 배려하여 안전사고에 유의해 주시기 바랍니다."

기장이 안내 방송으로 병신 같은 소리를 한다. 전철 문이 닫히자 사람들이 서로 양보하고 배려할 수 있을 만한 공간이라고는 1밀리미터도 남지 않았던 것이다. 나는 최대한 몸을 웅크려서 다른 사람과 닿는 걸 피해 보려 한다. 그런데도 어떤 빌어먹을 놈이 구두 뒤꿈치로 내 발을 눌러 밟는 통에 하마터면 발가락이 박살 날 뻔했다.

이윽고 전철이 움직이기 시작한다. 잠을 청하기 위해 눈을 감는다. 그러나 의식은 잘 닦은 유리창처럼 또렷하다. 분수대가 있는 역까지 가려면 열댓 정거장은 지나야 하는데 벌써 지루해진다. 사람들이 쉬지 않고 떠든다. 화젯거리가 끊이지 않고 이어지는 것 같다. 그런 와중에도 몇 명은 태연히 책을 꺼내서 읽고 있는데 어떻게 그럴 수 있는지 궁금하다.

나는 주의가 산만한 편이라 시끄럽거나 복잡한 환경 속에서는 좀처럼 집중을 하지 못한다. 만약 누군가 나를 이런 곳에 던져 놓고 뭐든지 해 보라고 했으면 정신이 나가 버렸을 거다.

몸을 뒤로 바짝 기대고 머리를 비우려고 애쓴다. 전철 밖으로 비바람이 몰아치는 소리가 들린다.

어릴 적에는 시간이 굉장히 느리게 흘렀다. 나는 빨리 자라서 어른이 되고 싶었는데, 아마 그때는 어른이라는 게 정확히 어떤 건지 잘 몰랐기 때문에 그랬을 거라고 생각한다.

미래에는 어떤 사람이 되고 싶나요? 초등학교 선생들은 질리지도 않고 매번 이따위 주제로 글을 써 오라고 시켰다. 아이들이 발표하는 꿈은 항상 바뀌었다. 어느 날은 경찰관이었다가 어느 날은 소방관이었다가 어느 날은 대통령이었다. 실현 가능성이 쌀 한 톨보다 더 작은 꿈이었다.

그런데도 선생들은 숙제를 해 오면 크게 만족한 척을 하면서 보상으로 공책에 참 잘했어요 스티커를 7천 개쯤 붙여 주었다. 그리고 한 학기가 지나면 또 똑같은 숙제를 냈다. 내가 어떻게 멀쩡한 정신으로 초등학교를 졸업할 수 있었는지 의문이다.

또 다른 우스꽝스러운 짓으로는 10년 뒤의 나에게 쓰는 편지가 있었다. 숙제를 받아서 집으로 들고 오면 나는 언제나 10년 뒤의 나에게, 라는 제목만 적어 놓고 밤이 새도록 고민했다.

10년 뒤의 나에게. 안녕, 10년 뒤의 나야? 나는 10년 전의 너야. 지금 내가 아홉 살이니까 10년 뒤에는 열아홉 살이 되어 있겠지. 내가 너에게 반말한다고 기분이 상하지 않았으면 좋겠어. 왜냐하면 내가 바로 너이기 때문이야. 10년 뒤에 나는 뭘 하고 있을까? 아마 자유롭게 세계를 여행하고 있지 않을까? 별로 쓸 말이 없네. 잘 지내. 이만 줄일게.

아홉 살의 나는 열아홉 살이 되어도 학교에 다녀야 한다는 사실을 별로 신경 쓰지 않았던 게 분명하다. 할 수만 있다면 과거로 돌아가 말 같지도 않은 편지를 쓰고 있는 내 머리통을 후려 갈기고 싶다.

10년 전에는 그 정도의 시간이 흐르면 나를 포함한 주위의 많은 것들이 바뀔 거라고 생각했다. 하지만 세상은 그대로였다. 빠르게 움직이는 전철 안에 꼼짝없이 갇혀 있는 것처럼, 무참히 흐르는 세월 속에서도 사람들은 제자리에 박혀서 조금도 움직이지 못했다.

반드시 필요한 건 모두 발명되었고 반드시 밝혀내야 하는 지도의 귀퉁이는 모두 그려졌다. 목숨을 걸 만한 가치가 있던 모험은 이미 백 년도 더 전에 누군가에 의해 이루어졌다. 이제 해야 할 일은 아무것도 없다.

미래에는 어떤 사람이 되고 싶냐고?

내가 뭐가 될 수 있단 말인가?

나는 별 볼 일 없는 사람이 되고 싶습니다. 고등학교에 입학하고 또라이 같은 담임과 새 학기를 맞아 진로 상담인지 뭔지를 했을 때, 나는 이렇게 말했다. 조명이 비추는 곳 옆에 비켜서서, 누가 봐도 별것 아닌 인생을 살고 싶습니다.

삶에는 등급이 매겨져 있고 누구라도 개처럼 기어서 위로 올라가야 한다고 굳게 믿고 있던 담임은 나를 이해하지 못했다. 사춘기를 맞이한 모범생의 철없는 반항이라고 여기고 무의미한 조언을 반복했을 뿐이다.

어쩔 수 없는 일이라고 생각한다. 그런 걸 이해하는 사람은 아무도 없다.

규모가 큰 역에 설 때마다 사람들이 뭉텅이로 빠져나가고 다시 그만큼 들어온다. 몇 번 그런 광경을 지켜보다가 겨우 졸음이 찾아오는 걸 느끼고 꾸벅꾸벅 고개를 떨군다. 잠을 잔 것 같지 않은데 퍼뜩 눈을 뜨니 어느새 내려야 할 역이다. 시간이 구겨진 종이처럼 쪼그라든 기분이다.

가방을 한쪽 어깨에 둘러메고 풍선과 함께 자리에서 일어선다. 사람들로 가득 찼던 전철 안이 언제 그랬냐는 듯 한산하다. 터지기 쉬운 풍선을 들고 사람들로 넘실거리는 통로를 헤쳐 갈 각오를 다졌는데 괜한 짓이었다.

건물 밖으로 나오자마자 분수대가 나타난다. 19번과 만나기로 한 곳이다. 만남의 장소로 쓰기에는 이보다 더 좋은 곳이 없어 보인다. 그렇지만 여전히 비가 퍼붓고 있는 탓에 분수대 앞에서 누군가를 기다리는 사람은 많지 않다.

우산을 펴고 분수대 쪽으로 걸음을 옮기며 주위를 살핀다. 약속을 취소하지 못한 이들이 우왕좌왕 서로의 짝을 찾는다. 내 나이 또래의 여자는 보이지 않는다.

"어떻게 이런 일이?"

형이 깜짝 놀란다.

"아직 안 온 거겠지."

손목시계를 확인하면서 변명한다. 12시 반을 조금 지난 시간이다.

"그렇다면 무의미한 기다림을 시작해 볼까?"

형이 분수대 옆에 걸터앉고 거리로 시선을 돌린다. 늦게나마 도착한 19번을 놓칠 수도 있기 때문에 비를 피할 수 있는 장소로 이동하지는 못한다. 나는 분수대 근처에 서서 형의 말처럼 무의미할지도 모르는 기다림을 시작한다.

비가 내리는 와중에도 분수대는 힘차게 하늘 위로 물을 뿜는다. 관리인이 졸다가 정지 버튼 누르는 걸 잊은 모양이다. 덕분에 좋은 구경을 한다. 쏟아지고 솟구치는 물줄기를 동시에 보는 건 흔한 일이 아니다.

흠뻑 젖어서 온몸으로 비를 맞고 있는 사람이 눈에 들어온다. 살이 나간 우산을 옆구리에 낀 걸 보니 저항하는 걸 포기한 듯하다. 아니면 처음부터 비를 맞을 생각이었는지도 모른다. 나처럼 아침에 세탁해서 말린 옷을 가방 안에 넣어 두고 있는 입장에서는 엄두도 내지 못할 짓이다.

여행을 하자. 처음 결심하던 때가 떠오른다. 더 이상 이런 곳에서 시간을 낭비할 수는 없어. 나는 자퇴서를 냈다. 갑작스러운 일이었지만 마음을 정하자 그다음부터는 물이 흐르듯 자연스럽게 상황이 흘러갔다. 마치 진작부터 그렇게 되어 있기로 약속이나 한 것처럼.

재능이 아까운 아이입니다. 담임은 열심히 아버지를 설득했다. 대인 관계에 소심한 면이 있지만 그렇다고 따돌림을 당하는 건 아니고, 성적도 괜찮은 편입니다. 이 정도면 충분히 상위권이죠. 이전 학교에서 문제가 있었다고 해도 여기에 와서는 그런 모습을 보이지 않았고요.

본인을 앞에 두고 그런 식의 칭찬을 늘어놓는 건 어쩐지 좀 이상한 일이었지만 아버지는 묵묵히 듣고 있었다.

혼자서 자퇴 수속을 끝마치는 게 가능했다면 기꺼이 그렇게 했을 거다. 아버지에게 이야기해 봤자 좋을 게 없었기 때문이다. 하지만 학교에서는 기어코 아버지를 불러다 놓고 학부모 상담 자리를 마련했다. 나는 아버지에게 자퇴에 대한 어떤 이야기도 한 적이 없었고, 그래서 담임이 아버지를 설득하려는 시도는 어딘가 우스꽝스러워 보였다.

아버지가 난감한 표정을 지으며 뭐라고요? 우리 아이가 나 모르게 자퇴 신청을 했다고요? 하고 놀라는 일은 없었다. 언제나 그랬던 것처럼 무관심한 표정으로 배정된 자리에 앉아 있었을 뿐이다. 담임의 이야기가 모두 끝났을 때 아버지는 내 얼굴을 보고 딱 한 번 말을 걸었다. 그만두고 싶냐? 나는 고개를 끄덕였다. 아버지가 말했다. 그럼 그만둬.

집으로 돌아오는 길에 나는 도무지 실감이 나지 않아 몇 번이나 스스로에게 확인하듯 물었다. 이제 나는 학생이 아닌가? 그럼 내일부터는 학교에 나가지 않아도 되는 거겠지?

날마다 새벽에 일어나 가방을 싸 들고 학교로 향하는 게 굳어진 일상이었다. 오늘은 늦게 자도 되겠는데. 교복을 벗고 옷장 깊숙이 밀어 넣으며 생각했다. 하지만 내가 밤늦게까지 할 수 있는 일이라고는 학교에서 내 준 밀린 숙제를 끝내는 것뿐이었다. 자퇴를 하고 와서 밀린 숙제 같은 걸 붙잡고 있는 건 멍청한 짓이었지만 어쨌든 그렇게 했다. 그래야만 제대로 된 마무리라는 생각이 들었다.

"안녕?"

얼마나 지났는지 모르겠다. 정신을 차리고 고개를 들자 눈앞에 19번이 있다.

"많이 늦었지?"

19번은 하얀색 블라우스에 무릎 아래까지 내려오는 감색 치마를 입고 있다. 교복 특유의 뻣뻣함과 단정함이 느껴진다. 그러고 보니 19번은 아직 학생이지. 학교를 떠난 건 나지 19번이 아니니까.

기다리기는 했지만 막상 당사자가 나타나자 당황스럽다.

"어, 그래."

"많이 늦었다고?"

"너도 안녕하냐고."

19번이 웃는다. 나도 웃으려고 했지만 잘 되지 않는다.

"날 알아봤네."

내가 말한다.

"응. 어제 통화하고 졸업앨범 봤거든. 넌 별로 변한 게 없구나."

말을 하면서 19번이 어딘가로 천천히 걷는다. 나도 19번의 옆에 따라붙는다.

"넌 많이……."

많이 예뻐졌네, 하고 말하려고 했지만 좀 멍청하게 느껴진다.

"많이 뭐?"

"많이 컸다고."

"당연한 거 아냐? 벌써 10년이나 지났는데. 너만 나이를 먹는다고 생각하는 건 아니지?"

19번은 어이가 없다는 표정이다. 나도 어이가 없다. 많이 컸다니, 그런 등신 같은 말을 하다니.

"비가 너무 와서 안 올 줄 알았어."

내가 말한다. 말하면서 살피니 형은 어디론가 사라지고 없다.

"학교 끝나고 지나는 데야. 안 오고 싶어도 안 올 수가 없지." 19번이 말한다. "아, 그렇다고 정말 안 오려고 했다는 말은 아니니까 상처받지 말고."

나는 고개를 끄덕인다. 그 정도의 일로 상처받았으면 오래전에 피투성이가 돼서 죽었을 거다.

19번이 계속 말한다.

"이 시기에 여기에는 비가 많이 와. 이상하지? 가을에 소나기라니."

"여름에 우박이 떨어지는 것도 봤는데, 뭐."

"정말?"

"정말."

정말이다. 작년인가 재작년인가에 벌어진 일이다. 기상청은 한여름에도 높은 상공에 찬 기운이 형성되면 우박이 내릴 수 있다면서 자연스러운 일이라고 해명했다. 완전히 돌은 놈들이었다.

"학교 갔다 온 거야?"

내가 묻는다.

"응. 일찍 끝났어. 내일 교육청에서 사람 나온다고 교무실에서 무슨 회의를 한대."

"교육청에서? 왜?"

"누가 죽어서."

19번이 덤덤한 투로 대답한다.

"누가 죽어서?"

"지난주에 학교 옥상에서 어떤 애가 떨어졌어. 난 이어폰으로 음악 듣고 있어서 몰랐는데, 소리가 엄청 크게 났다고 하더라."

자세한 이야기가 궁금했지만 어느 순간 19번이 걸음을 멈추는 바람에 잠시 대화를 미룬다.

도착한 곳은 간판부터 알록달록하게 꾸민 작은 카페다. 문 앞에 큼직하게 여고생 무조건 할인, 이라고 적혀 있다. 플라스틱

재질의 거대한 핑크색 고양이 인형이 입구 옆에서 무심한 눈길로 들어오는 사람들을 바라본다. 19번은 고양이의 콧등을 쓰다듬고 안으로 들어간다. 나도 우산을 접고 19번의 뒤를 따라 카페에 발을 들인다.

카페 안에는 교복 차림의 여자들뿐이다. 두셋씩 짝을 지어 듬성듬성 테이블을 차지하고 있다. 시간이 일러서인지 손님이 많지는 않다. 정해 놓은 자리라도 있는 듯 19번이 척척 걸어서 안쪽으로 향한다.

입구에서 본 핑크색 고양이가 그려진 앞치마를 두른 젊은 남자가 주문을 받는다. 아르바이트생이 올 시간이 아니라 직접 나왔다며 멋쩍게 웃는다. 19번은 고양이 앞치마에게 유니폼이 잘 어울린다고 칭찬한다.

카페 주인은 핑크색 고양이가 가게의 매상을 올려 줄 거라고 굳게 믿고 있는 얼간이였다. 계산대 뒤쪽에도 핑크색으로 칠한 고양이 장식품이 늘어선 게 보인다.

19번은 이름이 복잡한 아메리카노 어쩌고 하는 커피를 주문하고 나는 레모네이드를 시킨다. 고양이 앞치마는 19번과 나를 번갈아 보면서 계산서에 체크한다.

"오늘은 혼자가 아니네요?"

평소에는 19번이 혼자서 오는 모양인지 고양이 앞치마가 조심스럽게 말을 꺼낸다.

"왜요, 이상해요?"

"아뇨. 그냥 좀."

19번이 문자 고양이 앞치마는 말끝을 흐리며 나를 힐끔거린다.

"그럼 이따 번호 부르면 오세요."

묘한 경계가 담긴 시선이다. 남자가 주문받은 걸 만들기 위해 사라지고 난 뒤에도 찝찝한 뒷맛이 남는다.

"여기 자주 오나 봐?"

"가끔 머리 식히러. 주인 오빠가 친절해서 편하기도 하고."

19번이 말한다. 주인 오빠라는 건 물론 고양이 앞치마를 말하는 거겠지.

"그 풍선은 뭐야?"

19번이 그때까지 옆구리에 끼고 있던 풍선을 가리키며 묻는다.

풍선? 나는 얼빠진 표정을 짓는다. 자연스럽게 들고 다니다가 어느 순간 존재 자체를 잊고 있던 물건이다. 풍선을 테이블 위에 올린다.

"광대한테 받았어."

"광대? 서커스 같은 데 나오는 광대 말이야?"

엄밀히 따지면 서커스가 아니라 흑백 필름 어딘가에서 튀어나온 듯한 인상이었지만, 나는 그냥 고개를 끄덕인다.

"오다가 터질 거 같았는데."

말하면서 19번에게 풍선을 건넨다. 19번은 풍선을 받아 들고 한참 동안 들여다본다.

"이상한 말이 쓰여 있네."

"너 줄게."

내가 말한다.

"가져도 돼?"

"응. 수표 한 장만 줘. 원래 두 장인데 동창이니까 반값에 준다."

"놀라운 할인!"

"지금 사면 풍선 묶은 줄은 덤으로 넘길게."

"줄까지 덤으로!"

뻔뻔스럽게 놀란 척하는 19번의 표정을 보고 결국 내가 먼저 웃어 버린다.

웃음이 잦아들자 19번은 풍선을 옆에 내려 두고 손가락으로 테이블을 두드린다. 19번의 콧노래를 들으며 잠시 머뭇거리다가 입을 연다.

"사고였어?"

"뭐가?"

"그, 옥상에서."

"아."

19번이 눈썹 사이를 좁힌다.

"글쎄, 자살이었나? 잘 모르겠어. 유서 같은 건 발견되지 않았다고 들었거든. 실수로 발을 헛디뎠거나 뭐 그랬을지도."

"자살하는 사람이 반드시 유서를 남기는 건 아니야."

내가 말한다.

"아니, 오히려 유서를 남기지 않고 죽는 사람이 더 많대."

19번은 눈을 동그랗게 뜨고 나를 본다.

"그래? 어떻게 그런 걸 알아?"

"그냥 주워들었어."

"하지만 이상하네. 죽음을 코앞에 둔 사람이 세상에 남기고 싶은 말이 하나도 없다니."

이상하지 않다. 오히려 세상을 등지고 떠날 준비를 끝내 놓은 사람이 새삼스레 남은 이들에게 무언가를 전달하고 싶어 할 거라는 생각이 이상한 거다.

눈을 감으면 모든 것이 형체를 잃고 사라진다. 한 사람의 죽음은 세계의 멸망과 같다. 세계가 무너져 내리고 있는 와중에 유서 따위를 남길 인간이 어디 있겠는가.

"하고 싶은 말은 하고 싶은 말이 없다는 것뿐이지."

내가 말한다.

"심오하네."

19번이 말한다.

"초등학생일 때도 그렇게 심오하셨습니까?"

"그때는 바빴어."

"뭐 하느라?"

"미래에는 어떤 사람이 되고 싶다거나 10년 뒤의 나에게 보내
는 편지 같은 걸 쓰느라."

19번이 웃는다.

"기억나? 어떤 게 되고 싶었는지?"

"시시한 거였어. 축구 선수나 영화배우 같은 거 있잖아."

내가 대답한다. 19번은 고개를 옆으로 기울이고 잠깐 생각하
다가 입을 연다.

"난 딱히 되고 싶은 게 없었어. 고등학교에 입학하면서 아빠
가 무슨 바람이 들었는지 자꾸 모델이 되라고 부추긴 적은 있지
만. 내가 학생복 모델을 다 해 봤다니까. 난처하게."

"잘 어울리던데."

"잘 어울리기는."

"정말이야. 내 눈에는 멋있어 보였어."

"아빠도 그러더라."

그렇게 말하는 19번은 왠지 쓸쓸한 기색이다. 무슨 일인지 물
어보려는데 우리 번호를 부르는 소리가 들린다.

나는 고양이 앞치마가 놓고 간 번호표를 들고 계산대로 향한
다. 근처에 앉은 고등학생 몇 명이 눈을 가늘게 뜨고 이쪽을 본

다. 넌 뭐야? 하고 묻고 싶은 듯한 표정이다.

"주문하신 아이스 아메리카노 플러스 휘핑크림이랑 레모네이드 나왔습니다."

고양이 앞치마가 받침대 위에 놓인 음료를 건네며 말한다. 아이스 아메리카노 플러스 휘핑크림? 미친놈 같은 커피로군. 번호표를 내려놓고 돈을 낸 뒤 받침대를 집어 든다.

"저기."

막 뒤로 돌아서서 가려는데 남자가 주저하며 입을 연다.

"예?"

"아니, 아무것도 아닙니다."

"돈을 덜 냈어요?"

"아니요, 그런 게 아니라."

아마도 고양이 앞치마는 넌 뭐야? 하고 물으려 했을 것이다. 그러려면 번호표를 뽑고 기다려야 한다. 여기에 있는 애들이 전부 다 그렇게 묻고 싶어 하니까.

등 뒤로 남자의 시선을 느끼면서 돌아보지 않고 곧장 19번에게 걸어온다.

"주인 오빠랑 무슨 얘기했어?"

나는 이름이 긴 커피를 19번의 앞에 내려놓고 레모네이드에 빨대를 꽂는다. 19번은 커피 스푼으로 천천히 커피를 휘젓는다.

"별 얘기 안 했어. 내가 마음에 든대. 잘생겼다고."

"진짜?"

"진짜."

이따금 천둥이 친다. 19번은 모이를 쪼는 새처럼 아주 조금씩 커피를 마시다가 깜짝깜짝 놀란다. 그걸 보는 게 재미있다. 하루 종일 봐도 괜찮을 것 같다. 그렇지만 진하게 탄 레모네이드는 반 쯤 마시고 나자 금세 질린다. 나는 레모네이드를 앞으로 살짝 밀어 놓고 19번에게 묻는다.

"모델 일은 어떻게 된 거야? 별로였어?"

19번은 커피 잔에 시선을 두고 있다가 피식 웃는다.

"네가 본 잡지는 우연히 기회가 닿아서 한 번 촬영했던 거야. 별로라고 말할 정도로 많이 해 보지는 못했어."

"아쉽네."

"적성에는 맞았어. 포즈 취하는 것도 즐거웠고. 사진 찍는 사람이 아빠 친구라서 엄청 친절하셨거든. 그래서 그렇게 느꼈나? 아무튼 촬영장에 나가서 며칠 동안 잡일 같은 걸 돕다 보니 유명한 모델 언니랑 사진작가도 몇 명 알게 됐고, 명함까지 받았지. 졸업하고 나면 이거나 계속할까 싶더라."

19번은 그때가 기억나는지 희미하게 웃는다.

"근데 왜 안 했어?"

내가 묻는다. 19번은 장난스럽게 눈살을 찌푸리고는 "국가 기밀입니다." 하고 대답한다.

"아무튼 모델 쪽으로 나갔어도 성공하진 못했을 거야."

잠시 뒤에 19번이 보충하듯 입을 연다.

"어떻게 들릴지 모르겠지만, 나는 여태까지 내 마음대로 살았어. 싫은 소리는 듣지 않고 하고 싶은 말은 다 하고 먹고 싶은 건 참지 않고 먹었지. 이것저것 흥미는 많은데 인생에 도움이 될 만한 재주는 하나도 가지고 있지 않아. 뭐든 끈질기게 할 줄 모르거든. 기타나 피아노를 치다가도 손가락이 아파서 그만뒀고 댄스나 요가 같은 걸 배우다가도 힘이 들어서 그만뒀어. 다른 애들은 곧잘 하는데 나는 왜 그렇게 쉽게 질리는지 모르겠다니까."

19번은 말을 끊고 커피를 조금 마신다. 나도 빨대에 입술을 가져다 댔지만 레모네이드를 마시지는 않는다.

"커서 뭐 될래? 그런 소리를 너무 많이 들었어. 그러다 보니 성질이 뒤틀린 것 같아. 어떤 날은 엄마 아빠한테 아주 못되게 굴었지. 소리를 지르고 접시를 깨부수고. 한밤중에 방문을 걸어 잠근 채 죽어라 비명을 지른 적도 있어."

19번이 고개를 저으며 한숨을 쉰다.

"아빠가 폭발하더라고. 당연해. 그렇게까지 참은 것도 대단한 거야. 학교 성적은 변변치 않으면서 한식 요리니 헤어 전문이니 하는 학원을 열 군데도 넘게 들락거렸으니까. 돈이 만만찮게 들어갔을걸. 너 같은 애는 죽을 때까지 뭘 성실하게 해 볼 생각 따위 안 할 거다. 아빠가 그랬어. 노력이 주는 인생의 즐거움도 모르고 살 거다."

말하다가 화가 나는지 19번이 목소리를 높인다.

"하지만 나도 나름대로는 열심히 살고 있었다고! 정말 너무하지 않아?"

"아까는 마음대로 살았다면서."

"열심히 마음대로 살았단 말이야!"

19번이 우기듯이 외친다. 나는 어쩔 수 없이 고개를 끄덕인다.

"근데 우스운 게, 막상 그런 말을 들으니까 눈물이 나더라. 뭐하나 최선을 다해서 이뤄 본 적이 없는데 그게 그렇게 억울하게 들렸다니. 이상하지?"

"이상하지 않아."

나도 모르게 입을 연다. 말이 끝나자마자 기가 막힌 타이밍에 천둥이 치고, 19번이 몸을 움츠린다. 어쩐지 의미심장한 말을 뱉어 버린 것 같은 기분이다.

19번은 쪼그라든 상태 그대로 다음 말을 기다린다. 하는 수 없이 말을 잇는다.

"사람들은 늘 그런 말을 해. 최고가 될 필요는 없다. 하지만 최선을 다해서 살아라. 내 생각에 그건 웃기는 소리야. 정말 최선을 다했어? 하고 물었을 때 그래 이게 나의 최선이다, 하고 대답할 수 있는 사람이 몇이나 되겠어? 노력하는 거 좋지. 노력해서 성공하는 거, 멋지잖아. 근데 그건 그냥 그런 사람들이 있을 뿐이야. 누구나 그럴 수는 없어. 그렇지 않다고 해서 저 사람은 이상하다, 저런 인생은 잘못되었다, 이렇게 말해서는 안 돼. 최고의 기준은 정해져 있어도 최선의 기준은 모두가 다르니까."

누구에게나 자기만의 기준이 있다. 누군가는 팽팽하고 누군가는 느슨하다.

이건 옳고 그름의 문제가 아니다. 각자의 인생은 각자가 사는 것이기 때문이다. 공정한 스포츠에도 핸디캡이라는 게 있는데 왜 인생에는 그런 게 없어야 한다고 여기는지. 남이 세워 놓은 기준에 맞춰 심장이 터질 때까지 뛰는 사람이 있다.

형과 내가 그랬다. 엄마가 죽고 나서 우리는 한동안 그렇게 삶을 몰아갔다. 형은 인생을 망치고 있어. 형에게 말한 적이 있다. 형은 사기꾼이야. 일부러 보란 듯이 형편없는 모습으로 살고 있는 거야.

형은 웃었다.

너는 어때?

형이 물었다.

너는 어떻게 살고 있지?

형과 나는 저울 끝에 달린 추와 같았다. 우리는 균형을 이루고 끊임없이 서로의 삶을 양극단 어딘가의 구렁텅이로 처넣고 있었다.

"아마 그런 걸 견디지 못하고 죽은 걸 거야."

19번이 말한다. 나는 깜짝 놀란다.

"뭐라고? 뭐라고 했어?"

"그런 걸 견디지 못하고 죽은 걸 거라고. 그 아이 말이야. 학교 옥상에서 떨어진 애. 왜 그렇게 놀라?"

나는 애써 당황스러움을 감추고 말을 돌린다.

"아니, 그냥 의외라서. 아까는 사고로 죽었을 거라고 하지 않았어?"

"그랬지. 하지만 마찬가지 아니야? 어느 쪽이든 삶에 치여서 그렇게 된 걸 텐데. 한동안 피가 묻은 화단 앞을 지나서 등교했어. 여기저기 엄청나게 튀었거든. 학교에서 사람을 써서 하루 종일 그 자리를 닦았는데도 흔적이 지워지지 않더라. 다들 신경질을 냈지. 아침저녁으로 누군가의 핏자국을 보는 게 유쾌한 일은 아니니까. 나랑은 아무 상관 없는 일이라고, 딱히 신경 쓸 일이 아니라고 생각했는데 어쩐지 서글펐어. 사고든 자살이든 사람이 죽는 건 바보 같은 일이잖아."

사람이 죽는 건 바보 같은 일이다. 19번의 표현이 마음에 남는다.

"어제는 누가 거기에 꽃을 놓았더라고. 그게 나를 더 우울하게 했어. 죽은 사람 자리에는 꽃을 두지 말아야 해."

19번이 말한다.

"왜?"

"아무렇게나 던져 두면 꽃이 시들잖아. 냉소적이라고 생각하지 않아? 죽음을 애도하는 적절한 방법이 아니냐, 그건."

그리고 우리는 비가 내리는 바깥을 바라보면서 잠시 아무 말도 하지 않는다. 어떻게든 대화를 이어야 한다는 부담 같은 건 없다. 흔치 않은 일이다.

19번은 초등학생 때 내가 보았던 좋은 점을 아직도 그대로 가지고 있다. 책상 가운데 금을 긋고 상대의 물건을 하나씩 가져가던 시절처럼, 솔직하고 의사 표현이 뚜렷한 사람이다.

나는 오랜만에 느긋한 기분으로 자리에 앉아 시간이 흐르는 걸 천천히 바라보기로 한다.

8

세상 전체가
평범하지
않아

고양이 앞치마는 19번과 나의 관계가 몹시도 궁금한 기색이었지만 나는 아무런 단서도 남기지 않은 채 카페 바깥으로 나온다.

날씨는 진정될 기미가 보이지 않는다. 19번이 괜찮으면 조금 멀리 점심을 먹으러 가자고 말한다. 나는 19번에게 순서가 잘못된 것 같지 않냐고 묻는다. 보통은 밥을 먹고 난 후에 커피든 레모네이드든 마시는 법이라고. 19번이 말한다.

"너랑 밥 먹기 전에 대화부터 하고 싶었어. 초등학교 다닐 때 같은 반이었다고 해도 서로에 대해서는 아무것도 모르잖아? 그러니까 이건 일종의 테스트였던 셈이지."

"그런 건 밥 먹으면서 할 수 있잖아."

"입에 든 걸 뱉어 내면서? 난 밥 먹으면서 대화 같은 거 안 해."

19번이 단호하게 말한다. 나는 고개를 끄덕이고 묻는다.

"그래서, 테스트 결과는 어떻게 됐어? 통과?"

"일단 예비 합격."

일단 예비 합격? 그래도 합격이니까 좋은 건가? 19번의 대답을 듣고 잠깐 고민하다가 그럭저럭 만족하기로 한다.

우산을 펴고 나와 거리를 걷는다. 19번은 내 우산에 박힌 수두룩한 꽃무늬를 보더니 같이 다니기 창피하다면서 자기 우산을 함께 쓰자고 제안한다. 처음 봤을 때는 아무 말 안 하더니 갑자기 왜 그러는지 모르겠지만, 어쨌든 이것도 예비 합격자로서의 의무라고 생각하며 군말 없이 19번의 우산 속으로 들어간다.

카페 앞은 역 근처이기도 해서 사람의 발길이 잦다. 하지만 조금 더 걸어가니 으스스할 정도로 한적한 길이 이어진다. 사람들이 볼일이 있는 장소는 역에서 1킬로미터 이내의 구역뿐인 듯하다.

"특별히 아는 곳이라도 있어? 근처에서 먹어도 될 거 같은데."

아무리 걸어도 19번이 멈출 기색을 보이지 않았기 때문에 결국 내가 먼저 입을 연다.

"조금만 더 가면 돼. 여기는 먹을 만한 데가 없단 말이야. 이

정도 걸었다고 벌써 지친 건 아니지? 우리는 튼튼한 고등학생이
잖아."

"할아버지는 아무거나 먹어도 괜찮단다."

"그럼 저기 떨어진 돌멩이나 주워 드세요, 할아버지."

19번은 내 불평을 단칼에 제압하고 계속 걸음을 옮긴다.

빗속을 뚫고 힘겹게 도착한 곳은 실망스럽게도 음식점이 아니
다. 19번은 태연한 얼굴로 우산을 접고 대충 물기를 턴 뒤 입구
에 비치된 비닐봉지에 넣는다. 나는 잘못 봤나 싶어 다시 건물
밖으로 나온다.

"병원이잖아."

"응."

천진난만하게 대꾸하는 19번을 보고 할 말을 잃는다.

19번이 거침없이 병원 안으로 발을 뻗는다. 규모가 커서 잘못
돌아다녔다가는 미아 방송을 타게 될 것 같은 장소다. 곳곳에
링거를 꽂은 환자가 기운차게 돌아다닌다. 환자들이 무슨 힘이
저렇게 나는지 모를 일이다.

복잡한 인파 사이로 익숙하게 움직이는 19번의 뒤를 어렵게
쫓는다. 엘리베이터를 이용하면 편할 텐데 19번은 복도 중앙에
있는 계단으로 고집스럽게 5층까지 걸어 올라간다.

미로처럼 꼬인 건물 끝에는 엉뚱하게도 탁 트인 공간에 식당
이 하나 있다. 19번은 보란 듯이 나를 힐끗 돌아보고는 식당 구

석의 큼직한 테이블을 향해 걷는다. 1층에서 본 기운 넘치는 환자들이나 병문안을 온 사람들을 위한 곳인 듯하다. 환자복을 입은 사람이 많지만 환자가 없는 테이블도 많아서 교복 차림의 19번이나 커다란 가방을 멘 내가 유난스럽지는 않다.

식당은 전체적으로 깔끔하다. 아까 들렀던 카페처럼 이상한 인형도 없다.

"괜찮지?"

19번이 묻는다. 나는 떨떠름하게 대답한다.

"나쁘지 않네. 그래도 밥 먹으려고 병원 식당까지 오는 건 좀."

"뭐 어때."

벽에는 A, B로 나누어진 단출한 구성의 메뉴판이 걸려 있다. 미묘한 차이가 있기는 하지만 어느 쪽이든 무난한 구성이라 아무거나 찍으면 될 거 같다. 그런데도 19번은 한참 동안 메뉴판을 들여다본다. 혼자 주문하려고 일어나기도 뭐해서 잠자코 기다린다.

쏟아지는 빗소리와 가끔 울리는 천둥을 제외하면 조용한 곳이다. 자리에 앉은 사람들은 모두 작은 소리로 대화를 나누며 조심스럽게 음식을 먹는다. 즐거운 일이 드문 병원 특유의 환경 때문일까. 다들 충전 중인 전자제품처럼 밋밋한 표정이다. 겉으로 보기에는 음식 맛이 어떤지 알 길이 없다.

나는 길바닥에 떨어진 돌멩이라도 씹어 먹을 만큼 배가 고팠기 때문에 개의치 않는다. 굳이 이런 장소를 고른 19번의 속내가 궁금할 따름이다.

"전부터 생각한 건데 이 A, B밖에 없는 메뉴는 웃기지 않아?"

메뉴판을 보던 19번이 고개를 돌리고 묻는다. 자리에 앉아 주변을 관찰하던 나는 19번 옆에 붙은 메뉴판을 본다.

"뭐가 웃겨?"

"안 웃겨? 두 개 다 비슷하잖아. 한식 양식 정도의 특색 있는 구분까지는 아니더라도 뭔가 개성이 있어야지. 반찬도 죄다 무침이니 나물이니 하는 것뿐이고. 어떻게 생각해?"

"빗속을 뚫고 여기까지 와서 할 말은 아니라고 생각하는데."

19번의 기분이 급속도로 나빠지는 게 보였기 때문에 얼른 다시 대답한다.

"병원 식당이잖아. 환자들이 먹을 만한 걸로 구성했겠지."

19번은 머리를 살짝 기울였다가 불만스러운 투로 입을 연다.

"환자들이 먹을 만한 게 뭔데? 환자들은 먹고 싶은 걸 참고 무조건 건강식만 먹어야 해?"

"건강식만 먹어야 하는 사람들이 있으니까 그렇지."

나는 아무렇게나 대답한다. 19번이 고개를 젓는다.

"그런 사람들이라고 해도 가끔은 떡볶이나 치킨 같은 걸 먹고 싶어지는 거야. 그럼 먹어야지. 건강식 말고 다른 걸 먹는다고 갑자기 덜컥 죽지는 않아. 진짜 심각한 환자는 음식 반입이 아예 금지되잖아. 그런 경우가 아니면 아무거나 반입해도 된다는 거고, 그럼 아무거나 팔아도 괜찮은 거 아냐?"

나는 진지하게 설명하는 19번의 태도를 보고 가능하면 웃지 않으려고 했다. 하지만 어쩔 수 없이 웃고 만다.

"그래서, 병원 식당이라도 하나 차릴 생각이야? 떡볶이나 치킨 같은 것도 팔고?"

19번은 눈썹을 찌푸리고 화를 내려다가 곧 자신도 웃어 버린다.

나는 19번이 메뉴를 고르면 무조건 19번과 다른 걸 시키려고 생각했기 때문에 조금 더 기다리기로 마음먹는다. 하지만 19번은 메뉴판에서 눈을 떼고 다시 한번 진지한 눈빛으로 아까의 주제를 이어 나간다.

"있잖아. 이건 사람을 대하는 기본적인 태도가 잘못된 거라고 생각해. A 아니면 B, B 아니면 A. 이런 걸 보고 뭘 먹을지 잠깐이라도 고민해 보는 환자가 있다는 게 슬프지 않아?"

나는 배가 고파서 죽어 가는 중이다. 그건 슬펐다. 19번은 내 얼굴을 보더니 포기한 듯 손을 들고 계산대로 가서 B를 주문한다. 나는 A를 시킨다.

번호표를 받고 자리에 돌아오니 아무래도 19번이 대화를 계속하고 싶어 하는 눈치였기에 하는 수 없이 이렇게 묻는다.

"그러니까 네 말은 병원 식당도 일반 식당처럼 메뉴를 다양하게 제공해야 한다는 거지? 환자들이 먹고 싶은 걸 먹을 수 있게."

"환자라고 해서 필요 이상의 보호를 받을 필요는 없다는 거야. 아무 데나 돌아다닐 수는 없겠지만 최소한 자기가 먹고 싶은 것 정도는 다양하게 선택할 수 있어야지. 병원에 오면 항상 느끼는 건데 여기는 지나치게 억눌려 있어. 아무도 소리 내서 웃거나 떠들려고 하지 않아. 왜 병원에서는 침울한 표정을 짓고 조곤조곤 말해야 해? 환자들은 몸이 좀 불편한 것뿐이잖아. 오히려 그렇기 때문에 가능한 한도 내에서는 멀쩡한 사람보다 더 즐겁게 지낼 수 있도록 배려해야 하는 거 아냐?"

"그것도 그러네."

나는 체념하듯 고개를 끄덕인다. 누가 책임자인지는 모르겠지만 병원 꼭대기로 달려가 원장인지 뭔지 하는 작자의 멱살을 붙잡고 지금 당장 병원 식당의 메뉴판을 수정하라고 요구하고 싶은 심정이다.

그렇게 하는 대신 빈 잔에 물을 따라 19번에게 건넨다. 차가운 물 한 컵이 머리를 식히는 데 도움이 된다는 이야기를 어디선가 들은 기억이 났기 때문이다. 19번은 뽀로통한 표정으로 교복 블라우스 앞단을 툭툭 털고 내가 준 물을 받아 마신다.

"네 이야기를 해 봐."

19번이 말한다.

"내 이야기?"

"그래. 학교는 어떻게 하고 왔어?"

다시 돌아온 나는 가출 청소년이 아닙니다 시간이다. 나는 한숨을 내쉰다.

"그만뒀어. 지금은 여행 중이고."

"그만뒀다고?"

19번이 눈을 동그랗게 뜬다.

"왜 학교를 그만뒀어?"

"거기서는 배울 게 없다고 생각했기 때문이지."

내가 말한다. 그럴 의도는 없었는데 이렇게 말하니까 조금 재수 없게 들린다.

19번은 내 말을 듣고 잠시 생각하다가 묻는다.

"애들하고 어울리지 못했던 거야?"

"그런 문제는 아니었어."

이번에는 내가 생각해 볼 차례다. 왜 학교를 그만뒀어? 학교를 그만둔 이유야 많이 있지만 꼭 집어서 설명하라면 구체적으로 이런 것이다, 하고 말하기가 어렵다.

"그냥, 답답해서 그랬던 거 같아."

조금 뒤에 내가 말한다.

"아침에 일어나서 학교에 가면 다들 아무래도 좋은 이야기를 해. 수업이 시작되면 꾸벅꾸벅 졸고, 점심에는 학교 식당에서 한바탕 전쟁을 치르지. 오후가 되면 집에 갈 때만 기다리며 지루한 시간을 보내. 시험이 다가올수록 모두의 신경이 날카롭게 곤두서기 때문에 하루가 멀다 하고 싸움이 나. 교사들은 이 모든 게 반듯한 어른이 되기 위한 과정이라고 가르치지만 그렇게 말하는 교사 중에 정말로 반듯한 어른은 하나도 없어."

19번은 가만히 듣고 있다. 나는 계속 말한다.

"어떨 때는 하루가 통째로 사라져 버리기도 해. 어제가 오늘 같고 오늘이 내일 같아서 사실 하루쯤 까먹는 거야 아무렇지도 않거든. 어떤 날은 시간표를 착각해서 가방을 챙기고, 또 어떤 날은 휴일인데도 학교에 나가서 텅 빈 교문 앞을 서성이지. 나는 그런 걸 견딜 수가 없었어. 이게 도대체 뭐 하는 짓인가 싶었던 거야."

"너무하네. 나 아직 학생인데."

19번이 투덜거린다. 어느 순간부터 혼잣말하듯 내뱉고 있던 탓에 퍼뜩 정신을 차린다.

19번은 물이 조금 남은 컵을 들고 빙빙 돌리며 입을 연다.

"특별한 사람이 되고 싶어?"

왜 그런 걸 묻는지 모르겠다. 나는 망설이다가 대답한다.

"나는 평범하게 살고 싶어."

"넌 이미 평범한 사람이야. 나도 그렇고, 세상 전체가 그래."

"아니, 그렇지 않아."

내가 말한다.

"나는……."

너는 스스로를 평범하다고 생각하니? 상담 선생님이 물었다. 나는 그렇지 않다고 대답했다. 어떤 점에서 그렇지 않다고 생각하지? 선생님이 다시 물었다. 그건 선생님답지 않은 질문이었다. 누가 봐도 알 만한 질문이었으니까.

내가 보는 세상에는 균열이 있었다. 조금씩 무너져 가는 세계가 보였다. 엄마를 죽음으로 이끌었던 날 밤, 나는 그 자리에 있었다. 밤늦게까지 도서관을 기웃거리다가 돌아오는 길이었다.

길 건너편으로 무언가를 잔뜩 사 들고 집으로 향하는 엄마가 보였다. 먼저 상대를 알아본 건 나였지만 알은척을 한 건 엄마였다. 어색한 조우였기 때문에 서둘러 걸음을 놀려 자리를 피하려는 나에게, 반갑게 손을 흔들면서 뛰어왔던 것이다.

"나는 평범하지 않아."

비참한 기분으로 입을 연다.

"나는 평범하지 않아. 너도 평범하지 않아. 세상 전체가 평범하지 않아."

그리고 나는 입을 다문다. 19번도 더 말하지 않는다.

우리는 비범해. 형이 말했다. 내가 누군가를 보면 아, 저 사람은 나와 같은 사람이구나. 우리는 똑같은 사람이구나, 하는 생각을 전혀 할 수가 없어.

지금처럼 비가 쏟아지던 어느 날이었다.

왜인 줄 알아? 아무도 평범하지 않기 때문이야. 나도, 너도, 아버지도, 그 여자도, 그리고 다른 모든 병신 같은 놈들도 마찬가지야. 이 빌어먹게 특별한 세상에서는 누구도 다른 누군가의 공백을 메울 수 없고, 그렇기 때문에 아무도 다른 사람을 이해할 수 없는 거야.

"아무도 서로를 이해할 수 없어."

나는 형이 했던 말을 되풀이한다. 19번은 생각에 잠긴 표정이다. 나도 입을 닫고 가만히 자리에 앉아 있다.

마침 적절한 때를 맞추기라도 하듯 번호판에 우리 번호가 뜬다. 눈사태를 맞은 마을처럼 고요한 분위기를 뚫고 일어나서 19번과 내 음식을 받아 온다.

19번이 예고한 것처럼 우리는 식사하는 내내 서로 한 마디 말도 하지 않는다. 식당이 워낙 조용했기 때문에 딱히 어색한 분위기는 아니다. 음식은 하나하나 맛이 좋다. 메뉴판의 조촐한 구성을 놓고 투덜거리기는 했지만 19번도 만족스러운 얼굴이다.

그렇지만 19번이 단지 맛이 좋아서 병원 식당을 찾았다고 보기에는 무리가 있다. 밥을 먹으며 19번의 눈치를 살핀다. 말을 꺼낼 타이밍을 기다려 봤지만 기회가 오지 않는다.

배가 고파서인지 19번이 절반쯤 먹었을 때 나는 이미 그릇을 깨끗하게 비운 상태였다. 먹는 속도를 조절했는데도 그랬다.

19번은 서두르지 않는다. 반찬을 뜨고, 밥 위에 올리고, 입 안에 넣은 뒤 단정하게 씹어 삼킨다. 한 치의 오차도 허용하지 않는 세밀한 작업 과정을 지켜보는 기분이다.

"뭘 그렇게 봐?"

열심히 식판을 비워 가던 19번이 물을 한 모금 마시고는 이렇게 묻는다.

"유명해지면 사인해 줄 거야?"

나는 내내 머릿속에 떠돌던 질문을 삼키고 엉뚱한 소리를 한다.

"무슨 말이야? 내가 왜 유명해져?"

"모델 하면 광고에도 나오고 그럴 거 아냐."

"나 모델 안 해. 아까 뭐 들었어?"

19번은 그렇게만 말하고 다시 식사에 열중한다. 한 번, 두 번, 세 번. 19번은 짐짓 아무렇지도 않은 듯 숟가락을 놀린다. 나는 계속해서 19번의 얼굴을 본다.

"뭔데. 말을 해."

결국 네 번째로 밥을 뜨던 19번이 포기한 듯 입을 연다.

"물 더 마실래?"

"말 돌리지 말고."

그렇게 말하면서도 19번이 빈 물 잔을 이쪽으로 민다.

19번과 내 컵을 들고 계산대 옆에 있는 정수기로 걸어가서 물을 가득 담는다. 19번은 내가 내미는 컵을 받아 들고 천천히 한 번에 비운다. 나는 물을 반 정도 마신 다음 19번에게 묻는다.

"왜 모델이 되고 싶지 않아?"

"그게 그렇게 궁금해?"

19번은 어이가 없다는 표정을 짓는다.

"거창한 이유 같은 건 없어. 그냥 끝까지 해낼 자신이 없었던 거야."

"끝까지 해 보고 싶지 않았던 건 아니고?"

"무슨 말이야?"

"꿈은 꿈인 채로 남겨 두는 게 낫다고 생각한 건 아니냐고. 끝까지 해낼 자신이 없었던 게 아니라, 끝까지 해 봤을 때 결과가 좋지 않을까 봐 두려웠던 건 아냐? 그렇게 따지면 거꾸로 모델이야말로 네가 열심히 뛰어 볼 만한, 성실하게 노력해 볼 만한 직업이 아닐까 싶은데."

19번은 대꾸하지 않는다. 화가 난 것 같기도 하고 우울해하는 것 같기도 하다. 어쩐지 말을 잘못 꺼낸 느낌이다.

창밖으로 내리는 빗소리가 유난히 크게 들린다. 천둥이 요란하게 쳤지만 이번에는 19번이 몸을 움츠리지 않는다.

"그럴 수는 없어."

한참의 시간이 지난 뒤에 19번이 쥐어짜내듯 말을 뱉는다.

"그건 아빠랑 했던 약속이었어."

19번이 말한다. 나는 입을 열었다가 닫고 다시 열었다가 닫는다. 뭐든 말을 꺼내야 할 것 같지만 아무 생각도 나지 않는다. 어색한 침묵이 지나간 후 19번이 말을 잇는다.

"좋아하는 일이 생긴 것 같다고 아빠한테 그랬거든. 이번에는 정말 잘할 수 있을 것 같다고 말이야. 아빠는 포기하지 말고 열심히 하라고, 그럼 아빠도 포기하지 않겠다고 했지. 우리는 약속을 했어."

19번은 창밖으로 시선을 던진다. 비에 젖은 바깥의 풍경이 멀리 내려다보인다. 19번의 말이 계속된다.

"약속 같은 거 하지 말 걸 그랬어. 그게 그렇게 힘든 건 줄 알았으면 그냥 아무 말도 하지 않는 건데. 자그마치 1년이었거든. 의사는 6개월을 선고했지만 우리 아빠는 반년이나 더 버틴 거야. 정말 괴로운 시간이었어. 난 바로 옆에서 지켜봤기 때문에 아빠가 얼마나 힘들어하는지 알 수 있었지. 아빠는 끝까지 포기하지 않았어. 그깟 시시한 약속 하나 때문에. 진짜 난처하다니까."

19번은 고개를 돌리고 내 얼굴을 보더니 멋쩍게 웃는다.

"그래서 내가 안 하는 거야. 아빠처럼 미련하게 그러고 싶지 않아서."

나는 머뭇거리다가 입을 연다.

"그게 아니잖아."

"뭐가 그게 아냐?"

"하고 싶은 걸 해. 하다가 싫증 나면 때려치우더라도 시도는 해 봐야지. 항상 그래 왔다면서 모델 일은 왜 그렇게 안 하는데? 아버지처럼 몸이 부서지도록 버틸 이유는 없어. 힘이 들면 언제 든지 그만둬도 되는 거야. 넌 아무에게도 빚진 게 없으니까."

"어째서 그렇게 쉽게 말할 수 있지?"

19번이 묻는다. 이번에는 확실히 화를 내는 것도 우울해하는 것도 아니다. 그렇지만 나는 입을 다물어 버린다. 내가 이런 말 을 꺼낼 자격이 없다는 걸 퍼뜩 깨달았기 때문이다. 주제넘은 참 견이었다.

"가끔 아빠 생각을 해. 아침에 눈을 뜨면 종종 아빠가 아직 살아 있어서, 저편 어딘가에 앉아 언제나처럼 장난스럽게 눈을 흘기고 있을 거라는 착각에 빠져. 네가 무슨 말을 하고 싶은지 는 알겠어. 하지만 그건 틀린 말이야. 살아 있는 사람들은 그렇 지 못한 사람들에게 어떻게든 빚을 지고 마는 거야."

19번이 왜 하필이면 병원 식당에서 밥을 먹으려고 하는지 알 것 같다. 나는 복도 쪽으로 고개를 돌리고 새삼스럽게 적막한 병원 안을 둘러본다.

"언제였더라. 밤늦게까지 책을 읽는데 아빠가 딸기를 사 온 적 이 있어. 엄마는 딸기라면 사족을 못 쓰지만 난 질색이거든. 가벼운 알레르기가 있어서. 어떻게 하나밖에 없는 딸이 뭘 좋아하고 뭘 못 먹는지도 모르냐고 농담처럼 말했지. 아빠는 그게 마음에 걸렸나 봐. 다음 날에는 복숭아, 그다음 날에는 사과, 그렇게 일주일 동안 바꿔 가면서 과일을 사 오더라니까."

19번이 부드럽게 웃는다.

"아빠가 떠나니까 왜 자꾸 그런 게 떠오르는지 모르겠어. 생판 모르는 장소를 걷다가도 아, 이 길은 아빠랑 같이 가던 그 길이랑 닮았네. 이 건물은 아빠가 일하던 회사랑 비슷하게 생겼네. 그런다니까. 나는 이제 세상 전체에서 아빠를 봐."

나는 고개를 끄덕인다.

그러나 세상 전체에서 누군가를 볼 수 있다는 말은 어디에서도 볼 수 없다는 말과 마찬가지다. 나는 어디에서도 엄마를 볼 수 없었다. 한동안은 집 안 곳곳에 남겨진 엄마의 익숙한 냄새 때문에 괴롭기도 했지만, 그것보다 더 힘들었던 건 시간이 지날수록 그 냄새마저도 사라져 간다는 사실이었다.

19번도 마찬가지였을 것이다. 나는 어렵지 않게 그 과정을 상상할 수 있다.

19번이 자연스럽게 다시 식사를 시작하고 나는 깨끗하게 비운 식판을 들어서 반납대에 가져다 놓는다. 테이블로 돌아오다가 문득 복도를 지나는 형의 모습을 본 것 같다.

19번에게 화장실에 간다고 둘러대고 종종걸음으로 복도의 모퉁이를 돌아 형이 사라진 쪽으로 향한다. 형은 복도 끝에 난 창문 앞에 서 있다. 혼자서 쏟아지는 빗줄기를 바라보는 중이다.

"데이트는 어떻게 하고?"

창가에서 눈을 떼지 않은 채 형이 입을 연다. 나는 형의 맞은편으로 가서 창틀을 짚고 선다.

"어디에 있던 거야?"

내가 묻는다.

"항상 있던 곳에 있었지."

형은 애매한 말로 대답을 대신한다. 나는 형이 보고 있는 창밖을 같이 바라본다. 비가 쏟아져 내린 지 꽤 오랜 시간이 지났는데 아직도 우산 없이 우왕좌왕 뛰어다니는 사람들의 정수리가 보인다.

"그러고 보면 엄마가 이런 곳에서 돌아가셨지."

형이 말한다. 나는 묵묵히 있다.

"엄마에 대해서 말해 봐."

창가에서 떨어져 나와 벽을 짚고 선다. 형은 혼자 팔짱을 끼고 고개만 돌려서 나를 마주 본다. 이상한 일이다. 형은, 내 눈앞에 있는 형은 한 번도 이런 요구를 한 적이 없다.

"엄마는 죽었어. 죽은 사람 이야기를 해서 뭐 해?"

"뭐가 그렇게 무서워?"

"무서운 건 아무것도 없어."

내가 말한다. 형은 듣지 않고 계속 묻는다.

"너에게는 무너지지 않아야 할 이유가 있어. 멈춰 서기 전까지는 걸어야 하는 거야. 멈추지도 않고 걷지도 않을 수는 없어. 그러니까 기억해 내. 엄마가 너에게 뭐라고 했어?"

엄마는 아무 말도 하지 않았다. 사고로 부서진 몸은 정전된 밤처럼 움직이지 않았지만, 어떤 때는 의아할 정도로 의식이 또렷할 때가 있었다. 그런 순간이 오면 엄마는 눈을 떠서 병실 안을 둘러보고는 나에게 똑바른 시선을 보냈다.

엄마, 나는요. 내가 말했다.

엄마, 난.

끝내 말을 꺼내지 못하는 나에게, 엄마는 흔들림 없는 시선을 가만히 비출 뿐이었다.

"엄마가 너에게 뭐라고 했어?"

형이 다시 묻는다.

나는 병실 안에 있다. 눈앞에 만신창이가 돼서 힘겹게 버티는 여자의 모습이 보인다. 여자가 손을 더듬어 뭔가를 찾고, 나는 여자의 손을 움켜쥔다. 나는, 엄마가 말한다. 너는, 엄마가 말한다. 나는, 엄마가 말한다.

나는 귀를 기울여 여자의 마지막이 될지도 모르는 말을 들으려 한다. 구름이 달을 묶고 별들은 자리를 지키지 않아 온통 어두운 새벽이다. 바람이 불고, 복도 어디쯤에서 누군가 고함을 지르고, 의사 선생 아무개를 찾는 소리가 들린다.

여자는 끊임없이 속삭인다. 자세히 듣기 위해 여자의 입술로 귀를 가져다 댄다.

괜찮아.

엄마가 말한다.

괜찮아, 아들.

괜찮아.

숨이 막힌다. 당장이라도 여자의 손을 뿌리치고 밖으로 달려 나가고 싶다. 여자가 입을 다물고 내 눈을 본다. 나는 여자의 눈을 똑바로 볼 수 없다. 여자는 빠져나가려는 내 손을 무시무시한 힘으로 붙잡고, 견디기 어려운 시간이 끝날 때까지 얕은 숨을 몰아쉰다.

오랫동안 그러고 있었던 것 같다. 여자의 손에서 풀려났을 때, 나는 마침내 여자가 고통에서 벗어났다는 걸 깨닫는다.

엄마는 떠났다.

하지만, 왜?

도망치듯 복도 밖으로 빠져나온다. 눈에 보이는 모든 곳에서 비가 내린다. 사방을 투명하게 적시는 빗속에 무기력하게 서서 좀처럼 갈피를 잡지 못한다.

어디로 가야 하나?

내가 어디로 갈 수 있단 말인가?

그러다 간신히 19번을 기억해 낸다. 정말 가까스로 그랬다. 거의 정신이 나갈 뻔했던 것이다. 이런 때에는 아무도 도움이 되지 않는다. 형도, 그리고 나 자신도. 어떤 것들은 아무리 노력해도 잊을 수가 없어요. 미시즈 산타클로스가 말했다. 갑작스럽게 어마어마한 피로가 들이닥친다. 비틀거리면서 19번이 있는 식당으로 돌아간다.

19번은 밥을 다 먹고 걱정스러운 기색으로 나를 기다리고 있다. 생각보다 시간이 많이 흘렀다. 나는 "미안. 화장실 줄이 정말 길더라. 놀이공원에 온 줄 알았어." 하고 멍청한 소리를 하며 자리에 앉는다.

"무슨 일이야? 안색이 안 좋아."

19번이 묻는다.

"아무 일 없었어. 그냥, 가끔 이럴 때가 있어."

내가 말한다.

"체했어?"

"아니, 아무렇지도 않아."

"그렇다면 다행인데."

"다 먹었으면 일어나자."

나는 가방을 들고 계단으로 나온다. 19번은 내 뒤를 따라오다가 돌아가서 풍선을 챙긴다. 아직까지 저게 터지지 않고 있다니 놀라울 따름이다.

계단을 내려오면서 19번이 몇 번 더 "정말 괜찮은 거야?" 하고 묻는다. 나는 "아무렇지도 않다니까." 하고 대꾸하면서 병원 입구로 나온다. 날씨가 개판이었기 때문에 선뜻 바깥으로 나서지 못한다.

옆에서 비가 쏟아지는 광경을 보던 19번이 문득 생각난 것처럼 입을 연다.

"여행 중이라고 했지. 다음은 어디로 갈 거야?"

19번은 내게 뭔가 계획이 있을 거라고 기대하는 듯하다. 슬프게도 대답해 줄 말이 없다.

"일단 기차를 타러 갈 생각인데."

"그럼 잠깐 기다리고 있을래? 옷 좀 갈아입고 오게."

나는 이쯤에서 19번이 집에 돌아갈 거라고 생각했기 때문에 조금 당황한다.

"옷은 왜?"

"이제 어두워질 텐데 늦은 시간까지 교복 차림으로 돌아다니고 싶지 않거든. 갑갑해서. 가는 김에 풍선도 두고 오고. 갑자기 터지기라도 하면 큰일이잖아. 오래 안 걸려."

"같이 가려고?"

"걱정하지 마. 여행하는 데 같이 가자는 거 아니니까. 오랜만에 바깥 공기나 쐬려고 그래. 왜, 안 돼?"

안 될 거 없다.

"알았어. 기다리고 있을게."

19번은 우산을 펼치고 빠르게, 그러나 서두르는 일 없이 처마 밖으로 빠져나간다. 19번의 모습이 완전히 시야에서 벗어난 뒤에 형이 옆으로 걸어온다.

"슬슬 청혼해. 난 신경 쓰지 말고."

형이 덜떨어진 소리를 한다.

아까 전의 일들이 대체 뭐였는지 묻고 싶다. 그렇지만 물어도 대답을 듣기는 어려울 거다. 이건 내 문제니까. 내가 알지 못하면 형도 알지 못한다.

"비가 계속 내릴 거라고 생각하지?"

형이 묻는다.

"비는 그치지 않을 거야."

내가 대답한다.

잠시 뒤 19번이 하얀 면 티에 스키니 진을 입고 나타난다. 간편한 옷차림인데 근사해 보인다. 솔직한 감상을 말했더니 19번이 대수롭지 않은 듯 "당연하지. 옷걸이가 날개니까." 하고 우쭐거린다.

19번에게 오랫동안 전철을 타야 하니 시간이 넉넉한지 확인해 보라고 말한다. 19번은 너무 늦게만 아니면 상관없다고 대답한다.

"우리 엄마는 개방적인 편이라 외박해도 별말 안 하지만, 어쨌든 데드라인은 밤 열한 시나 열두 시쯤인 거 같아. 그 이상 넘어가면 심기가 불편한 게 눈에 보이거든."

19번이 말한다. 형과 나 둘밖에 없는 집에서 자란 나는 딸이 있는 집의 분위기 같은 건 모르지만, 그 정도면 상당히 너그러운 편이 아닌가 하는 생각이 든다.

"데드라인이라는 건 뭐야?"

역으로 걸어가며 묻는다.

"엄마가 귀가 시간을 어디까지 용납하는지 알고 싶었거든. 그래서 실험해 봤어. 한 달에 한두 번 정도 일부러 집에 늦게 들어갔지. 시간을 조금씩 다르게 바꿔 가면서."

19번이 천연덕스럽게 말한다.

"그냥 언제까지 들어오면 되냐고 물어보면 되잖아."

"그러면 규칙이 정해지잖아. 그런 건 싫어. 눈치껏 행동하는 게 좋아. 괜히 애꿎은 통금 시간을 만들 필요는 없다고."

나는 이마를 긁적이며 고개를 끄덕인다. 19번과 대화를 하고 있으면 왠지 모르게 이런 말도 안 되는 논리가 그럴듯하게 느껴진다.

우리는 그 밖에 여러 가지 가벼운 이야기를 나누면서 역과 통하는 지하로 들어선다. 지하는 정오보다 사람이 적다. 손목시계가 4시 15분을 가리킨다. 사람들이 직장에서 돌아오려면 아직

이른 시간이다. 하지만 19번이 옷가지를 내다 파는 상인들에게 깊은 흥미를 보였기 때문에 역까지 도달하는 시간은 전보다 오래 걸린다.

"이상한데. 나 정말 오랜만에 즐거운 것 같아. 왜지?"

표를 끊으면서 19번이 바보 같은 질문을 한다.

"그거야 내가 알 수가 없지."

나는 어이가 없어서 고개를 젓는다. 19번이 활짝 웃는다.

"나는 이성이랑 어울리는 게 서툴러. 내 주변에는 왠지 변태 같은 놈들밖에 없거든. 생판 모르는 애가 대뜸 사랑한다고 고백하는 정도는 귀여운 수준이지. 번호를 어떻게 알았는지 매번 전화해서 신음 같은 걸 흘리는 놈도 있어. 넌 그런 적 없지?"

"매번 전화해서 신음 같은 걸 흘린 적 없냐고 묻는 거야 지금?"

"응."

나는 기가 차서 아무 대꾸도 하지 못한다. 19번은 대답을 기다리지 않고 개찰구 너머로 걸어간다.

전철은 금방 도착한다. 구석에 앉은 몇 명을 제외하면 자리가 텅 비었다. 신중하게 살핀 19번이 문 옆의 자리를 고르고, 우리는 거기에 나란히 앉는다. 공간이 넉넉했으므로 가방은 옆자리에 올려 둔다.

"도착하면 깨워 줘."

19번이 앉자마자 하품을 하고 내 어깨에 머리를 기댄다. 어림 잡아 한 시간 정도는 가야 했기 때문에 나도 눈을 붙인다.

잠이 빠른 속도로 찾아온다. 이번에는 꿈을 꾸지 않는다.

눈을 감았던 자세 그대로 잠에서 깬다. 안내 방송에서 내려야 할 역에 도착한다는 말이 들린다. 운 좋게 잠이 깬 건지 아니면 방송을 듣고 깬 건지 모르겠다. 아무튼 적당한 때에 눈이 떠져서 다행이다.

19번의 어깨를 가볍게 흔든다. 일어나지 않는다. 약간 더 세게 흔들자 그제야 눈을 비비면서 정신을 차린다.

"피곤한가 봐."

"학생이 다 그렇지."

나는 가방을 메고 일어선다. 19번은 자리에 앉은 채 잠이 덜 깬 목소리로 묻는다.

"가방에는 뭐가 들었어?"

"여행하는 데 필요한 거."

"위조한 여권이랑 권총?"

"옷가지랑 면도기."

19번이 멍한 표정으로 손을 내민다. 한번 잠을 자고 일어나면 쉽게 회복이 안 되는 모양이다. 나는 19번의 손을 잡고 자리에서 일으켜 세운다. 위태롭게 휘청거리기는 했지만 다행히 균형을 잃지는 않는다.

전철에서 내리고 개찰구를 지나자 19번은 새로 태어난 사람처럼 팔팔해진다. 지하에서 위로 올라오며 양팔을 뻗고 크게 숨을 들이쉰다. 개운해 보였기 때문에 나도 19번을 따라 기지개를 켠다.

우리는 무턱대고 돌아다닌다. 전철역 주변이 붐볐지만 그뿐이다. 역을 벗어나자 사람이 눈에 띄게 줄어든다.

근방에는 딱히 볼 게 없다. 19번이 큰맘 먹고 따라온 것치고 건질 게 없다며 투덜거린다. 그러면서도 뭔가 보일 때마다 저기는 장사가 안 되겠다느니 저 언니는 코디를 바꿔야겠다느니 하며 계속 말을 건다. 나로서는 거리를 구경하는 것보다 19번을 보는 게 더 재미있었다.

얼마쯤 걸었을까. 인적이 뜸한 골목길을 지나가다가 19번이 가게 앞을 화랑처럼 꾸며 놓고 초상화를 그리는 사람을 발견한다. 의자에 앉으면 즉석에서 무료로 얼굴을 그려 주는 곳이다. 연인처럼 보이는 이들 몇 명이 앞에 서서 순서를 기다리고 있다.

"우리도 해 볼까?"

19번은 내가 묻기 전부터 이미 화가 옆에 전시된 그림을 뚫어져라 보는 중이다. 공들여 그린 정물화나 풍경화 같은 게 가득하다.

초상화를 그리는 남자는 말쑥한 정장 차림의 노인이다. 왜소

하지만 무척 건강해 보인다. 힘 있는 동작으로 거침없이 그림을 그려 나간다.

초상화라고는 해도 사람들에게 그려 주는 그림은 전시된 것과 달리 모두 휘갈겨 그리는 크로키 정도의 수준이고, 덕분에 우리 차례는 생각보다 빠르게 찾아온다. 노인이 19번과 나를 사귀는 사이로 착각하고 다정하게 붙어 보라는 둥 손을 잡아 보라는 둥 민망한 주문을 한다. 19번이 장난스럽게 지시에 따를 때마다 나는 소스라치며 물러섰다.

그림은 금방 완성된다. 마구잡이로 그려 낸 것치고는 특징이 잘 잡힌 초상화다. 나는 19번에게 그림을 건넨다.

"나 주는 거야? 풍선도 받았는데 미안하게."

19번이 말한다.

"미안한 마음은 말이 아니라 돈으로 표현하는 거야."

나는 거지 같은 농담을 뱉어 놓고 금방 후회한다. 흔쾌히 지갑을 꺼내는 19번을 말리느라 진땀을 뺀다.

더 볼 것도 없지만 19번은 그림을 둘둘 말아 손에 쥐고 한 번 더 화가의 그림을 훑어본다. 19번과 함께 화랑을 돌다가 문득 나는 내가 지금 무척 편안한 기분이라는 걸 깨닫는다. 오랫동안 느끼지 못한 기분이었기 때문에 조금 당황스럽다.

"시간이 빨리 가네."

19번이 말한다. 아직 여섯 시를 조금 지났을 뿐이지만 19번은 슬슬 돌아가지 않으면 안 된다고 했다.

"바래다줄게."

"그럼 역까지만 같이 갈까?"

골목을 벗어나서 왔던 길을 되돌아간다. 쏟아지는 비에 오랫동안 두드려 맞은 19번의 우산도 흐물거리기 시작한다.

19번과 나는 역으로 통하는 지하 계단 입구에 마주 선다.

"오늘 정말 재미있었어."

19번이 말한다.

"나도 그래."

내가 말한다.

"넌 멋진 모델이 될 거야. 내가 가진 돈을 다 걸어도 좋아."

"끈질기네."

19번이 눈을 흘긴다. 내가 지금 얼마나 가지고 있는지는 말하지 않기로 한다.

"또 놀러 와."

나는 그러겠다고 대답한다. 언제 올지는 모르겠지만 그러겠다고. 19번은 계단 아래로 한 발 내려갔다가 멈춰 서서 뒤를 돌아본다.

"생각해 봤는데 말이야. 네 말처럼 서로를 완전히 이해하는 건 불가능할지도 몰라. 하지만 오늘 우리 꽤 많이 대화를 나눴잖아? 어떻게 생각할지 몰라도, 나는 아주 조금은 너를 이해했다고 생각해. 그건 너도 마찬가지고. 각자가 떨어진 마음으로 고립되어 있지만 두려워하면서도 용기를 내어 다른 사람에게 말을 건다는 점에서 우리는 평범한 거야. 세상은 외로운 곳이지만 네가 생각하는 것만큼 외롭지는 않아."

나는 19번을 내려다본다. 19번이 멋쩍은 듯 웃는다.

"그냥 이걸 말해 주고 싶었어. 난 오늘 그렇게 외롭지 않았거든. 여행이 잘 끝나기를 빌게."

나는 고개를 끄덕인다. 19번이 손을 흔든다.

우리는 헤어진다.

9

그래도
가야 하지
않을까

이제 여기에는 볼일이 없다. 19번에게 기차를 탄다고 둘러댔지만 가야 할 곳이 있는 건 아니다. 우선 앞으로 걸어간다. 조금 있으면 해가 완전히 떨어진다. 비를 피해 느긋하게 다음 목적지를 생각하면서 하루를 보낼 곳이 필요하다.

그런데 막상 찾으려고 하니 숙박할 수 있는 곳이 한 군데도 보이지 않는다. 근방에 눈에 띄는 건 탁한 조명이 번쩍이는 낡은 모텔뿐이다. 그런 곳에서 잠을 자고 싶지는 않다. 나 같은 미성년자를 순순히 받아 줄 것 같지도 않고.

좀 더 평범하게 생긴 여관을 찾으려고 30분쯤 걷는다. 말이 30분이지 30일은 걸은 것처럼 다리가 아프다. 근처의 어지간한 장소는 죄다 돌아본 것 같다는 기분이 들 때쯤, 바닥에 흩어진 쓰레기 중에 이상하게 익숙한 모습을 발견하고 멈춰 선다.

비에 젖고 발에 밟힌 전단이다. 무릎을 굽히고 앉아 단단하게 우산을 받친 뒤 바닥에 떨어진 전단을 집게손가락으로 잡아 올린다.

심인(尋人)이라는 커다란 글자가 먼저 보이고 그 밑으로 낯익은 얼굴이 조금씩 드러난다.

"심인이 무슨 뜻이지?"

형이 묻는다. 심인이라는 글자 아래 조그맣게 사람을 찾습니다, 라고 적힌 걸 보면 아마 그 비슷한 뜻이겠지. 낡은 느낌이 물씬 풍긴다. 하지만 찾는 사람이 누구인지를 감안하면 어울리는 표현 같기도 하다.

"안녕하세요."

별 뜻 없이 인사한다. 전단에는 미시즈 산타클로스가 부드러운 미소를 입가에 머금은 채 정면을 응시하는 사진이 박혀 있다. 작은 걸 확대한 듯 해상도가 흐리지만 누구인지 알아보기에는 충분하다. 전단을 그대로 두고 일어서서 이걸 어디서 뿌리고 있는지 찾기로 한다.

비가 이렇게 쏟아지는 날에는 전단 같은 걸 돌리는 게 좋은 생각이 아니다. 뭘 해도 이런 날씨에는 좋지 않다. 바닥에 떨어진 전단을 따라 천천히 걷는다. 얼마 가지 않아 사람들에게 떠

맡기다시피 전단을 나눠 주고 있는 여자를 발견한다.

30대 안팎으로 보이지만 고풍스러운 분위기 때문에 나이가 훨씬 많을 거라고 생각되는 묘한 인상이다. 미시즈 산타클로스가 갑자기 젊어진 게 아닐까 하는 착각이 들 만큼 닮았다. 오랜 시간 동안 거리에 나와 있었는지 지친 기색이 역력하다. 그러나 여자는 쉬지 않고 사람들에게 전단을 뿌린다.

여자의 앞으로 다가가 말을 건다.

"저, 실례합니다."

여자는 자동적으로 나에게 전단을 건네려다가 멈칫한다.

"아, 예."

"이분을 찾고 계시죠?"

묻고 나서야 바보 같은 질문이라는 생각이 든다. 여자는 고개를 끄덕이면서 전단을 펼친다.

"맞아요. 보신 적 있나요?"

그렇다고 대답하고서 조심스럽게 묻는다.

"그런데 이분과의 관계가……?"

미시즈 산타클로스의 말을 전하기 전에 엉뚱한 사람을 붙잡고 있는 건 아닌지 확인해 봐야 한다. 혹시 모르니까.

여자는 의아한 표정으로 "딸이에요." 하고 간단하게 대답한다. 나는 안도하고서 "별로 도움이 될 것 같지는 않지만요," 하고 운을 뗀다.

"어제 오후에 잠깐 뵀어요. 말을 전해 달라고 하셨어요. 남쪽으로 가신다고요. 거기서 볼 수 있을 거라고."

"남쪽이요?"

여자가 묻는다. 나는 고개를 끄덕인다.

기억을 더듬는 여자의 옆에 서서 머뭇거린다. 부탁받은 말은 전했으니 더 있을 이유가 없다. 하지만 나는 기다리는 쪽으로 마음을 굳힌다. 수수께끼 같던 할머니에 대한 궁금증을 조금이나마 해소할 기회라는 생각이 들었기 때문이다.

"사례를 해야겠군요."

내가 계속 알짱거리자 여자가 뭔가 오해했는지 갑자기 들고 있던 핸드백을 뒤적인다.

"아니, 괜찮아요. 궁금한 게 있어서 그러는데, 남쪽에는 뭐가 있나요?"

여자는 핸드백에 손을 넣은 자세 그대로 나에게 시선을 돌린다. 미시즈 산타클로스의 따님이 내 말을 제대로 알아듣지 못한 거라는 확신이 들 때쯤, 여자가 묻는다.

"그걸 아셔야 할 이유가 있나요?"

냉정하게 따지면 당연히 나올 수밖에 없는 질문이다. 하지만 나는 예상치 못한 여자의 물음에 조금 당황하고 만다. "그, 저는, 그게," 더듬거리며 그럴듯한 이유를 대려고 애쓴다. 그러나 아무리 생각해도 그럴듯한 이유를 찾을 수가 없다.

내가 고장 난 것처럼 버벅거리자 여자가 마지못해 입을 연다.

"남쪽에는 기억이 있다고 했어요."

"기억이요?"

"네."

나는 바닥에 떨어진 미시즈 산타클로스의 얼굴을 가만히 바라본다. 할머니는 여행자였다. 내가 만난 사람 중에 유일하게 나의 처지를 알아봤던 길 위의 동지였다.

먼 길을 왔어요. 미시즈 산타클로스가 말했다. 그리고 더 먼 길을 가야 해요.

"어머니는 많이 아프세요. 그렇게 보이지 않지만, 심각한 상태예요. 그래서 하루라도 빨리 찾아야 해요."

여자는 남은 전단을 품에 안고 핸드백을 고쳐 멘다. 당장이라도 남쪽으로 출발할 기세다. 나는 뒤로 물러서서 여자의 앞길을 터 준다.

"어딘지 짐작이 가세요?"

"네. 고마워요."

여자가 살짝 고개를 숙이고 빠르게 걸어간다. 미시즈 산타클로스의 따님은 그렇게 몰아치는 빗속으로 모습을 감춘다.

"나는 남쪽으로 가고 싶지 않은데."

내가 말한다.

"그럼 안 가면 그만이지."

형이 대수롭지 않은 투로 대꾸한다.

"그래도 가야 하지 않을까. 거창한 걸 바라는 게 아니야. 지금 도 그럴듯한 여행을 하는 중이라고 생각하니까."

나는 입을 다물고 비가 쏟아지는 거리의 단면을 눈에 담는다.

기억한다는 건 중요한 거지.

많은 걸 보았다. 여행을 시작했을 때, 내가 처음부터 지금과 같은 생각을 가지고 있었는지 확신이 서지 않는다. 그렇지만 앞 으로 얼마나 더 오랜 시간을 떠돌아다니든 결국에는 같은 장소 로 귀결되리라는 걸 안다.

"곧 기일이구나."

형이 말한다.

"그래."

"달라지는 건 아무것도 없어."

"알아."

"거기에 뭐가 있을 거라고 생각해?"

"별이 있지 않을까."

내가 말한다. 형과 나는 반사적으로 하늘을 올려다본다. 하 늘은 넘실거리는 장막으로 가려진 채 차가운 빗줄기를 떨어뜨 리고 있을 뿐이다.

예정에도 없던 기차를 타느라 바쁘게 돌아다닌다. 우선 역으로 돌아가기 위해 지하 계단으로 걸음을 옮긴다. 퇴근 시간 막바지와 겹쳐서 사람이 무지막지하게 많다.

지하를 오가는 사람들은 한 번이라도 내 가방을 후려치지 않으면 자신의 삶이 파멸하기라도 할 것처럼 행동한다. 풍선을 19번에게 주고 온 게 얼마나 현명한 행동이었는지. 가방을 메고 있는 것만으로도 죽을 맛이다.

전철역의 개찰구를 지나 기차표를 끊기 위해 매표소 앞으로 걷는다. 바쁘게 걸음을 놀리는 사람은 많지만 기차를 타려고 서성이는 사람은 형과 나뿐이다.

운행표를 보니 가장 먼저 오는 기차는 당장 5분 뒤에 탑승해야 한다. 나는 조금 여유를 두고 한 시간쯤 후에 오는 걸 타기로 마음먹는다. 목적지까지 가려면 족히 서너 시간은 걸린다. 되도록 늦게 기차에 올라 잠을 자 두는 편이 낫다. 그러면 따로 숙박 시설을 잡는 불편을 겪지 않아도 된다.

표를 파는 사람은 20대로 보이는 여자였고 쓸데없는 말은 하지 않는다. 내 얼굴을 힐끗 본 뒤 목적지를 묻고 돈을 받아서 거스름돈과 함께 표를 내줬을 뿐이다. 표정도 없고 억양도 불투명하다. 마치 표를 팔기 위해 회사에서 개발한 비장의 로봇 같다.

"좋은 여행 되시길."

인사하고 돌아서는데 비장의 로봇이 기습적으로 그런 말을 해서 화들짝 놀란다. 고개를 돌리자 여자가 고개를 까딱 숙인다. 나도 그렇게 한다.

매표소 옆에 붙은 작은 편의점에서 빵과 우유를 사 들고 나온다. 이런 걸로 저녁을 대신하기는 무리지만 그런대로 배를 채울 수는 있을 거다. 포장지를 뜯고 빵을 베어 문다. 먹다가 목이 막히면 우유를 마신다. 표에 적힌 시간이 되길 기다리며 근처에 비치된 의자에 앉아 느리게 식사를 한다. 몸이 물에 젖은 휴지 뭉치처럼 무겁다.

그러다 깜빡 잠이 들었는지 균형을 잃고 후다닥 일어선다. 타임머신을 탄 것처럼 40여 분이 순식간에 지났다. 늘어진 몸을 일으키며 가방을 추스른다. 서두를 필요는 없지만 괜히 급한 마음에 기차가 정차하는 플랫폼으로 올라간다.

해가 떨어지고 주위의 사물이 분간되지 않는 밤이다. 플랫폼 바깥에 달린 전등은 수명을 다했는지 별로 도움이 되지 않는 빛을 힘겹게 토한다.

표를 끊을 때는 형과 나뿐이라고 생각했는데 플랫폼에 도착하니 기차를 기다리는 사람이 세 명 더 있다. 다정해 보이는 노부부와 젊은 남자다. 남자는 나만큼이나 커다란 가방을 등 뒤에 멨다. 뭔가 화나는 일이 있는지 신경질적인 표정이다. 남자에게서 약간 떨어진다.

기차가 도착하고 노부부와 남자, 그리고 형과 내가 차례대로 오른다. 남자는 의자가 부서져라 가방을 내던지고 자리에 앉고,

나도 건너편에 가방을 내려놓고 앉는다. 노부부는 표를 확인한 뒤 다른 칸으로 모습을 감춘다.

형은 자리에 앉자마자 눈을 감고 곯아떨어진다. 나는 우리보다 먼저 타고 있던 다른 승객을 살핀다. 잠자는 군인. 칭얼대는 꼬마. 그리고 꼬마의 어머니.

"기차 타는 사람이 별로 없지?"

이리저리 고개를 돌리며 기차 안을 둘러보는데 남자가 말을 건다. 그새 가방에서 꺼냈는지 초코바를 씹고 있다. 내 가방보다 유용한 게 많이 들어 있을 것 같다.

"다들 자동차를 타고 다니니까요."

"자동차는 쓰레기야."

갑자기 남자가 마음에 든다. 남자도 비슷한 마음인지 가방 앞에 달린 주머니에서 자기가 먹고 있는 것과 똑같은 초코바를 하나 꺼내 내 쪽으로 던진다.

조준이 형편없지만 재빠르게 손을 뻗어서 잡아 낸다. 남자가 휘파람을 분다. 빵으로 대충 때우기는 했어도 여전히 배가 고프다. 초코바의 봉지를 벗기고 큼직하게 씹는다.

"더 먹고 싶으면 말해. 초코바 말고 다른 것도 있어."

"어떤 거요?"

"대마초."

남자가 웃지 않고 말했기 때문에 농담이라는 걸 한참 뒤에 깨닫는다.

이윽고 기차가 출발한다. 나는 초코바를 다 먹고 쓰레기를 가방 안에 넣으며 남자에게 고맙다고 인사한다. 남자는 별거 아니라는 듯 고개만 까딱 기울이고는 나와 내 가방을 쓱 훑는다.

"집 나왔냐?"

남자가 묻는다.

"아저씨는요?"

"아저씨라니. 대장이라고 불러라."

"대장은요?"

"나는 집을 나왔지."

대장이 말한다.

"전 아닌데요."

"그럼 넌 어디를 나왔는데?"

이 질문은 좀 재미있다.

"아니 뭐, 그렇게 따지면 집을 나오기는 했지만요. 가출한 건 아니에요."

"아무려면 어때."

대장은 자기가 물어봐 놓고 관심 없다는 투로 툭 뱉는다. 나도 이런 쪽의 주제는 슬슬 지겨워지고 있으니 잘된 일이다.

"나는 화석을 찾고 있다."

대장은 다 먹은 초코바 봉지를 구겨서 바닥에 던지고 다시 가방 안에서 다른 초코바를 꺼낸다.

"쓰레기 버리지 마세요. 화석이요?"

"무슨 상관이야. 그래, 화석."

"공중도덕 몰라요? 화석이라면 교과서에 나오는 그런 화석?"

"공중도덕 엿 먹어. 그래, 그런 화석."

대장과 나는 두 개의 화제를 넘나들며 정신없는 대화를 잇는다. 그러다가 기차가 터널 안으로 진입하자 서로 약속이나 한 듯 동시에 입을 닫는다. 커다란 소음이 기차 안에 빼곡히 들어선다.

대장은 눈썹 사이를 좁히고 뭔가 못마땅한 얼굴로 터널이 끝나기를 기다린다. 캄캄한 터널을 지나고 나자 다시 창문을 두드리는 빗소리와 함께 우르르 바깥의 풍경이 밀려든다.

"나는 밀폐된 공간이 싫어. 폐소공포증이 있거든."

대장이 말한다.

"직업이 무슨 고고학자 같은 거예요?"

"내 직업은 도서관 사서야."

어울리는 것 같으면서도 어울리지 않는 직업이다.

"도서관 사서가 화석을 왜 찾아요?"

"도서관 사서는 화석을 찾으면 안 되냐?"

대장이 두 번째 초코바를 입에 넣고 우물거린다. 나는 뒷머리를 쓸며 대답한다.

"안 될 건 없지만 안 어울리잖아요."

"그건 네가 몰라서 하는 소리야."

대장이 혀를 찬다.

"도서관 사서. 난 이걸 기억을 보관하는 사람이라고 부르고 싶다. 책이라는 물건의 특성이 그렇잖아. 5백 년 전이든 천 년 전이든 과거의 일이 눈앞에서 보이듯 생생하게 담겨 있으니까. 화석도 과거의 흔적을 품고 있다는 점에서 마찬가지지. 어때, 이렇게 말하니까 어울리지?"

"아뇨."

"그럴 때는 그냥 네, 하는 거야."

나는 대꾸하지 않고 다른 걸 묻는다.

"도서관 책이든 화석이든 둘 다 밀폐된 공간에 있지 않아요?"

"그렇지."

"그럼 폐소공포증은 굉장히 불리한 제약 같은데요."

"어쩔 수 없지."

대장이 말한다.

"그게 인생이니까."

"그게 무슨 인생이에요."

"인생은 원래 불리한 거야."

대장의 말이 맞을지도 모른다. 나는 잠깐 생각에 빠졌다가 화제를 돌린다.

"그래서, 찾은 화석은 있어요?"

"있지. 삼엽충."

"삼엽충? 암모나이트 같은 거였나?"

"전혀 다른 거야."

"그렇군요."

별로 흥미 없는 주제라 고개만 끄덕인다. 하지만 대장은 한동안 삼엽충과 암모나이트의 차이에 대해 열정적으로 설명한다. 나는 별다른 말 없이 그냥 듣는다. 어쨌든 대장은 나한테 초코바를 줬으니까. 배가 고플 때 초코바를 준 사람의 말을 끊으면 안 된다.

"그러면 도서관 사서는 어떻게 된 거예요?"

"며칠 쉰다고 하고 나왔어."

"휴가?"

"해고."

"너무하네."

웃어야 할지 안타까워해야 할지 헷갈린다. 대장이 혼자 팔짱을 끼고 등받이에 몸을 깊숙이 묻으며 말한다.

"너무할 거 없어. 나중에 돌아가서 아무 일도 없었다는 듯 복직하면 돼."

"이미 다른 사람 뽑았겠죠. 일하고 싶은 사람 많을 텐데."

"일할 도서관도 많아."

그리고 대장은 눈을 감는다. 대장의 자세가 편해 보여서 나도 팔짱을 끼고 잠을 청한다.

기차가 규칙적으로 레일을 때리는 소리가 귓속에 파고든다. 대장이 코를 곤다. 나는 잠이 오지 않는다. 매표소 앞에서 잔 것 때문인지, 아니면 다른 이유가 있는지.

오랫동안 눈을 감은 채 아무것도 생각하지 않으려고 노력한다. 하지만 잘되지 않는다.

"과거를 없던 걸로 할 수는 없어."

내가 말한다.

"형이 그런 말을 했지. 과거는 발판처럼 현재의 밑에 깔려 있는 거라고. 언제 무너질지 모르는 발판이라도 그걸 딛고 사는 수밖에 없다고 말이야."

형은 아무 말도 하지 않는다.

"형."

내가 말한다. 대답이 없다.

"형."

다시 불러 본다.

"왜?"

형의 목소리가 선명하게 울린다.

기차가 다시 터널로 들어서면서 밀폐된 공기를 가르는 소음이 느닷없이 터져 나온다. 눈을 뜬다. 형은 내 옆에 앉아 창밖으로 지나가는 터널 속의 어둠을 응시하고 있다. 나도 형과 같은 곳을 바라본다. 이번에는 꽤 긴 터널을 지나는지 좀처럼 끝이 나지 않는다.

더 늦기 전에, 물어야 할 것을 묻는다.

"형은 왜 죽었어?"

형은 이번에도 대답하지 않는다.

형은 죽었다.

자살이었다.

형은 제야의 종소리가 울려 퍼지는 가운데 깔끔하게 자신의 남은 생을 포기했다. 세상 전체가 새롭게 다가오는 한 해에 들떠 소란스러울 때였다. 유난히 추운 날이었고, 하늘에서는 얼어붙은 눈송이가 떨어져 내렸다.

전날 밤 나는 형의 전화를 받았다. 평소에도 집을 나가서 며칠씩 늦어지는 경우가 있었기에 이번에도 돈이 떨어졌거나 어디서 사고를 치고 곤란을 겪고 있겠거니 생각했다.

견딜 수 있겠어? 하고, 형은 물었다. 무너지지 않고 버틸 수 있겠어? 하고, 형은.

그건 그러니까, 누나가 형의 곁을 떠나고 난 후의 일이었다. 형은 밤중에 혼자 울었다. 그리고 다음 날에는 아무렇지도 않은 표정으로 밖에 나가 도박을 하고, 술을 마시고, 누군가와 싸우는 일상을 이어 갔다. 그러다 어느 날 문득 생각난 것처럼 집에 있는 자신의 물건을 모조리 싸 들고 자취를 감췄다.

형이 가출을 했다고? 그건 말이 되지 않았다. 가출은 어디까지나 불만스러운 현재에 대한 의사 표시인 것이다. 형에게는 그런 의사를 표현할 이유도, 그걸 받아 줄 사람도 없었다. 아버지는 아무 말도 하지 않았고 나도 걱정하지 않았다. 당연한 일이었다.

이틀이 지나고 한 해의 끝이 다가왔을 무렵에 형이 전화를 했다. 새벽이었고 아버지는 어딘가로 나가고 없었다. 나는 졸린 눈을 비비며 수화기를 들었다. 형은 알 수 없는 소리를 했다. 나는 형을 비난했다. 형이 어떤 식으로 고통스러운 삶을 살아가든 그건 어디까지나 형의 책임이라고 쏘아붙였다.

새해 첫날 저녁에 경찰이라고 신분을 밝힌 사람으로부터 불길한 호출을 받았다. 아버지는 이미 시체가 안치된 장소에 있었고 나는 뒤늦게 형이 죽었다는 사실을 알았다. 형은 집에서 멀리 떨어진 작은 여관방에서 방문을 걸어 잠그고 불을 질렀다. 그 와중에도 형의 신분증을 품은 지갑은 타지 않고 남아서 아버지와 나에게 온전히 전달되었다. 형은 유서를 남기지 않았다. 자살을 하는 대부분의 사람들이 유서를 남기지 않는다.

형이 직접 불을 질렀다는 증거가 나오지 않았기 때문에 보험사가 막대한 양의 보상금을 지급해 주었다. 아버지는 형의 이름으로 들어온 돈을 모두 현금으로 인출해서 집 안 구석에 처박았다.

왜 죽었냐? 하고, 아버지는 물었다. 왜 죽었냐? 하고, 아버지는. 까맣게 타서 알아볼 수 없게 된 형의 시신은 물론 아무 대답도 하지 않았다. 장례식장은 조용했다. 찾아온 사람은 얼굴조차 희미한 먼 친척이 대부분이었다.

내가 아는 한 정말로 형의 죽음에 의미를 두고 찾아온 사람은 누나뿐이었다. 누나는 울지 않았고 말하지 않았고 향에 불을 피우지 않았고 절을 하지 않았다. 나도 그렇게 했다. 관 속에 들어가 있는 빈껍데기를 향해 생전에도 차리지 않던 예를 지킨다는 게 어쩐지 우습게 느껴졌다.

아버지는 형을 화장해서 엄마를 뿌린 곳에 가져다 뿌렸다. 타 죽은 사람을 다시 태워서 잿더미로 만든다는 게 이상했지만 형은 불평하지 않았다. 나도 불평하지 않았다.

그리고 그날 밤에 나는 집에 있는 물건을 모조리 때려 부쉈다. 아버지가 선물로 준 야구방망이가 이때는 정말 큰 도움이 되었다. 술에 취해 돌아온 아버지는 내가 해 놓은 짓을 보고 냉장고는 남아 있어서 다행이군, 하고 말했다. 형편없이 뭉개진 가구는 이사를 하기 전까지 모두 제자리에 있었다. 아버지와 나는 한동안 무거운 죽음을 어깨에 지고 부서진 세계에서 잠을 잤다.

엄마가 죽은 이후로, 형은 침몰하는 거대한 배처럼 서서히 무너지고 있었다. 바다 한가운데에서 홀로 표류하다가 아무도 모르는 사이에 가라앉아 버린 것이다. 나는 형이 죽어 가는 소리를 들었다. 정상적으로 기능하던 마음의 톱니바퀴에서 뭔가가 하나 빠져나가고 없다는 걸 알았다.

그렇지만 그건 나도 마찬가지였잖아. 하고, 나는 말했다. 형과 나는 같은 처지에 있었잖아. 뭐가 그렇게 견디기 어려웠다는 거야. 하고, 나는.

이해할 수가 없었다.

그리고 모범생으로서의 삶이 계속되었다. 아침 일찍 일어나 학교에 가서 공부를 하고 집으로 돌아와 숙제를 하는 착실한 생활. 나는 가끔 이성을 잃고 야구방망이로 뭉개진 가구를 다시 한번 때려 부쉈다. 고요한 호수처럼 잠잠하다가 갑작스럽게 폭발하고, 폭발하고, 폭발했다.

이변을 알아차린 건 4B연필 공장의 사장이 되길 바라던 친구였다. 녀석은 고민 끝에 나를 전문가에게 안내해 주었고, 나는 한동안 상담 선생님과 시간을 보냈다.

가구를 때리는 일은 없어졌다. 그때 일을 생각하면 지금도 기분이 이상해진다. 뭔가 계기가 있었던 것 같은데, 아무리 기억을 하려고 해도 떠오르지 않는다. 사소한 말다툼으로 시작된 같은 반 아이와의 싸움이 심각한 수준의 주먹다짐으로 이어졌던 것이다.

나는 엉망이 되도록 맞았다. 그리고 주먹이 부서질 때까지 때렸다. 한 달 가까이 병원 신세를 지고 나서 문제를 덮으려면 전학을 가야 한다는 통보를 전해 들었다. 아버지는 말없이 이사를 갔다.

비는 그치지 않는다. 형은 아직 내 옆에 있다. 나는 더 묻지 않는다. 할 말이 남았지만 아껴 두기로 한다. 기차가 멈추고 나서 해도 늦지 않을 것이다.

오랫동안 달려왔는데도 여전히 비가 기승을 부린다. 특정 도시가 아니라 전 지역에 쏟아지는 듯하다.

대장은 볼썽사나운 자세로 늘어졌다. 칭얼대던 아이도, 아이의 어머니도 잠을 잔다. 탈 때부터 자고 있던 군인은 아직 깨지 않았다. 이제 나만 잠을 자면 된다. 다시 눈을 감는다. 의식의 끈을 놓아 보내는 게 쉽지 않다.

이런 일이 있을지도 모른다고 생각했지. 누나는 말했다. 언젠가는 이런 일이 일어날지도 모른다고, 막연하게 생각하고 있었지만. 형의 시신이 화장터에 들어가 있는 동안 우리는 바깥으로 나와 자판기의 커피를 마셨다. 누나는 창백한 얼굴이었다. 그러나 허공을 응시하는 눈동자에는 여전히 강한 힘이 있었다.

나는 쓴맛이 나는 커피를 마시며 누나를 달래야 할지 아니면 누나의 위로를 들어야 할지 고민했다. 결국에는 둘 다 하지 않았다. 누나도 나도 반쯤 잘려 나간 나무 밑동처럼 땅바닥에 박혀서 스산한 바람을 맞으며 서 있었다.

형은 죽었어. 내가 말했다. 아무짝에도 쓸모없는 짓이었지. 그런 건 제대로 된 죽음이라고 할 수 없어. 사람은 그렇게 죽어서는 안 되는 거야. 누나는 몇 모금 마시지 않은 커피를 땅에 쏟은 뒤 자판기 옆 쓰레기통에 집어넣었다.

형은 널 아끼고 있었어. 누나가 말했다. 너한테서 자신의 모습을 비춰 볼 수 있다고 했어. 나는 누나를 바라보았다. 누나는 고개를 젓고 나를 마주 보았다. 내 생각은 달라. 넌 형보다 강한 사람이야. 형처럼 무너지지 않고 버틸 수 있는 힘이 있어. 죽지 않고 살아가야 해. 나 역시 그렇게 할 테니까.

산다는 건 영원히 끝나지 않는 싸움의 연속인 거지. 나는 생각했다. 이건 좀 우스운 일이었다. 내가 다름 아닌 아버지처럼 생각하고 있었으니까. 무엇 때문에 먼 길을 왔던가. 형은 일단 길을 나서면 이유에 대해서는 아무래도 상관이 없다고 했다.

"나는 유령이 되어 가는지도 몰라."

내가 말한다. 형은 창밖에 박혀 있던 시선을 돌려 나를 똑바로 바라본다.

"아니, 너는 유령 같은 게 아니야."

형이 말한다.

10

사람들은
그런 걸

비라고 부른다

기차가 멈추고 방송이 나오자 자고 있던 군인이 후다닥 일어나 입구로 뛰어간다. 대장은 입가에 묻은 침을 닦고 창문 밖을 확인한 뒤 도로 눈을 감는다. 나도 내리려면 한참 남았다. 가방에 몸을 기댄다.

기차가 곧 출발하겠다는 방송을 내보내고 있는 도중에 플랫폼 너머로 급하게 뛰어오는 여자가 보인다. 검은색 카디건에 붉은 면 티, 그리고 회색 면바지 차림이다. 우산도 없이 역까지 왔는지 온몸이 젖어서 빗물이 뚝뚝 흐른다.

여자가 오르자 기차는 힘겨운 소리를 내며 다음 역을 향해 움직인다. 비에 젖은 여자는 덜덜 떨면서 대장의 뒤쪽으로 걸어가 않는다. 비 때문인지 화장이 까맣게 번져서 꼭 판다 같은 얼굴이다. 나이는 20대 초중반쯤.

여자의 불안정한 시선이 기차 안을 살피다가 나와 마주친다. 나는 급히 고개를 돌렸지만 여자의 갈라진 목소리가 뒷덜미를 잡는다.

"뭘 봐?"

나를 제외한 몇 안 되는 승객은 모두 잠을 잔다. 모르는 척하는 건 멍청한 짓이다. 나는 여자를 보고 어색하게 웃는다.

"어디서 비를 그렇게 맞으셨나 해서요."

"내 꼴이 엉망이라고 생각해?"

"꼭 그렇지는……."

말끝을 흐린다. 뻔히 들여다보이는 거짓말이다.

여자도 그렇게 생각하는지 코웃음을 친다. 그러면서도 계속 몸을 떤다. 본인도 통제가 안 되는 듯하다. 가을밤에 비를 잔뜩 맞고 실내에 들어왔으니 당연한 반응이다. 다행히 기차 안에는 난방이 가동 중이다. 추위는 곧 가라앉을 것이다.

여자는 손바닥으로 눈을 비비다가 갑작스럽게 울음을 쏟는다. 지우지 못한 검은색 눈물방울이 볼을 타고 떨어져 내린다. 나는 깜짝 놀란다.

여자가 진정되기를 기다렸다가 가방을 뒤져서 수건을 꺼낸다. 여자에게 건네며 이걸로 몸에 젖은 물기를 닦으라고 권한다. 여

자는 내 말에 따른다. 얼굴도 닦으면 좋을 텐데 화장이 묻을지
도 모른다면서 그냥 돌려준다. 휴지나 손수건이 필요한 상황이
지만 내가 갖고 있는 물건은 수건 한 장과 입을 옷, 면도기, 그리
고 세면도구뿐이다.

"좀 괜찮아요?"

아무 말이라도 꺼내야 할 것 같아 반쯤 의무적으로 말을 붙인
다. 판다는 내가 묻는 말에 대답하지 않고 창밖으로 시선을 던
진다. 나는 어쩔 수 없이 입을 다물고 앉아서 어색한 분위기를
견딘다.

"무서워."

차갑게 떨리는 목소리다.

"뭐가요?"

"7년."

판다가 말한다.

"7년 동안 일만 했어. 평일에도 일하고 휴일에도 일하고. 엄마
랑 동생들 얼굴 못 본 지가 벌써 1년이 넘어가. 돈이 필요했거든.
과로로 쓰러지고 링거를 맞으면서도 회사에 나갔지. 자리만 잡
히면 쉬자. 우리 가족이 살 집 정도는 마련하고 나서 쉬자."

나는 아무 말도 하지 않는다. 판다에게 필요한 건 듣는 사람
이지 말하는 사람이 아니다.

판다는 계속 말한다.

"웃긴 게 뭔지 알아? 지난주에 병원에서 곧 죽는다는 말을 들어 놓고 바로 엊그제까지도 내가 일을 하고 있었다는 거야. 잠을 자도 잔 것 같지 않고, 먹은 걸 토하고 속앓이를 하면서도 그랬다니까? 누구한테 말도 못 했어. 나는, 그냥……, 여기로 왔어. 난……."

판다의 말이 이어지지 않는다. 무슨 말을 해야 좋을지 모르겠다.

"혼자 어디 멀리 가는 중인가 봐? 학생 아니야?"

잠시 후에 판다가 아무렇지도 않은 척 눈가를 닦으며 말을 돌린다. 나도 모르는 체하고 여자의 말을 받는다.

"저 보기보다 나이 많아요."

"몇 살인데?"

"서른아홉이요."

판다가 힘없이 웃어 보인다. 더딘 대화도 여기까지다. 더는 할 말이 떠오르지 않는다. 무거운 침묵이 깔린다.

"엄마랑 동생들한테 알리세요."

내가 한 말이 아니다. 판다가 눈을 동그랗게 뜨고 몸을 기울여 앞좌석에 앉은 대장을 본다. 대장은 의자에 몸을 파묻은 자세 그대로 다시 말한다.

"알아야 하는 사람들이잖아요."

공교롭게도 대장이 말을 하는 도중에 기차가 터널로 들어선

다. 뒤에 앉은 판다에게는 보이지 않겠지만 나는 진땀을 흘리며
의자 팔걸이를 붙잡고 있는 대장의 얼굴을 볼 수 있다. 기차가
굉음을 내며 터널을 지나는 동안 대장은 갑작스럽게 들이닥친
공포와 마주한다.

잠시 후 기차가 바깥으로 나오자 대장이 짧게 숨을 토한다.

"여자친구가 그러더군요. 모든 인생에는 어차피 끝이 있다고.
못된 사람이었어요. 버티고 버티다가 떠나기 직전에 알려 줬거
든요. 같이 해 보고 싶은 게 너무 많았는데, 남은 시간이 얼마
없었어요. 마지막에는 병실에만 있었죠. 여자친구는 어떻게든
날 떨쳐 내려고 했어요. 내 삶에 자기 흔적을 남기지 않으려고
애썼죠. 나중에 그만두기는 했지만. 아무튼 바보 같은 짓이었어
요. 그런 게 가능할 리가 없잖아요?"

대장이 몸을 돌리고 판다를 본다. 판다는 가만히 듣고 있다.

"기억은 지워지는 게 아니에요. 그냥 계속 만드는 거지. 만들
고 또 만들고 그러는 거예요. 그러니까 엄마랑 동생들에게 알려
주세요."

잠시 누구도 할 말을 찾지 못하는 순간이 온다. 대장이 머쓱
하게 머리를 긁적이며 가방에서 초코바를 꺼내 입에 문다. 나는
대장이 뱉은 말의 여운을 좇는다.

기억은 지워지는 게 아니다. 그냥 계속 만드는 거다. 만들고
또 만들고. 그러는 동안에도 만들어진 기억은 거기에 있다. 사

라지지 않는다.

"여자친구가,"

판다의 목소리가 희미하게 끊어진다. 판다가 다시 말한다.

"여자친구가 많이 밉겠네요."

"왜 그렇게 생각해요?"

"아무것도 못 했으니까."

대장이 가방 안에서 손수건을 꺼내 판다에게 건넨다. 대장의 가방에는 손수건도 있다. 판다가 손수건에 얼굴을 묻는다.

"아무것도 못 하지 않았어요."

대장이 말한다.

"우리는 기억을 만들었어요."

손수건으로 닦은 판다의 얼굴은 이제 판다처럼 보이지 않는다. 대장은 검게 얼룩진 손수건을 받아서 아무렇지도 않은 듯 가방 안에 넣는다.

"피해 갈 수 없는 상황이 올 때까지는 계속해서 살았어요."

대장이 말하고 있는 사이에 나는 내가 내려야 할 곳이 가까이 왔다는 걸 알아차린다. 두 사람의 이야기를 더 듣고 싶지만, 가야 할 시간이다.

기차가 다음 정차할 역을 알린다. 나는 가방을 들고 자리에서 일어선다.

"여기서 내리냐?"

"네. 초코바 고마웠어요."

내가 인사하자 대장이 초코바를 하나 더 꺼내 준다. 사양하지 않고 받아서 가방에 넣는다.

나는 판다와도 가볍게 인사를 나눈다.

"왠지 너랑은 다시 만날 것 같다."

기차가 멈추고 입구를 향해 발을 딛는 순간 대장이 말한다.

"그럴지도 모르죠. 워낙 좁은 세상이라."

이렇게 대답하며 기차에서 내린다.

날이 아직 어둡다. 비는 이제 기세가 한풀 꺾여서 추적추적 힘없이 내린다. 우산을 펴고 기차역을 빠져나온다. 새벽 공기는 예상했던 것보다 훨씬 차갑다. 입김이 하얗게 새어 나온다. 역 앞의 대기실에는 아직 불이 켜져 있다. 비와 추위를 피해서 해가 뜰 때까지 대기실에 있기로 마음먹는다.

안에는 아무도 없다. 넓고 튼튼한 의자 위에 올라가 가방을 머리맡에 깔고 누워서 동그랗게 몸을 만다. 춥고 배고프다. 첫날 잠을 청했던 공원 생각이 난다. 그때는 도로 위를 달리는 차 소리라도 들을 수 있었는데.

여기에는 바닥을 때리는 빗방울 소리를 제외하면 아무 소리도 들리지 않는다. 그 흔한 풀벌레 소리조차도 비를 피해 어딘가의 대기실로 몰려간 모양이다. 잠을 잘 생각은 없지만 자리에 누워 있자 피로가 쏟아진다.

"아버지가 기다리고 있을까?"

내가 묻는다.

"어디서?"

"내가 가려는 곳에서."

"그럴 리가 없잖아."

나는 눈은 감은 채 입을 연다.

"아버지는 딱 두 번 이곳에 왔어. 하긴, 따지고 보면 나도 그렇게 많이 온 건 아니지만. 왜 그랬는지 모르겠어, 형. 그냥……. 어쩌다 보니까 그렇게 되었던 거 같아. 아무도 없는 장소에 혼자 있고 싶지 않았어."

형광등의 불빛이 약하게 깜빡인다. 비는 일정한 양으로 고요하게 내린다. 멀리 기차가 레일을 밟고 지나가는 소리가 들린다. 뚫린 입구 너머로 바람이 들어온다. 피부의 털이 곤두섰지만 아까처럼 춥지는 않다.

"너는 많은 사람을 만났어." 형이 말한다. "그리고 많은 이야기를 나눴어."

그랬다.

"달라지는 게 있었어?"

"모르겠어."

"왜 여기 온 거야?"

나는 대답하지 않는다. 형도 더 말하지 않는다. 그러자 쓸쓸한 적막이 몰려온다. 시간이 조금 지나간 다음 내가 입을 연다.

"나는 화가 났어. 너무나도 화가 났기 때문에 이곳에 온 거야. 당신들 때문이라고. 내가 이렇게 된 건 모두 당신들 때문이라고 외치고 싶었어."

"너는 그런 이유로 여기에 온 게 아니야."

형이 말한다.

"형이 뭘 알아?"

내가 묻는다. 다시 형광등이 깜빡인다. 눈꺼풀을 뚫고 불빛의 깜빡임이 전해진다.

"나는 네가 알고 있는 걸 알아."

형이 대답한다.

잠이 든다.

아침이 되자 저절로 눈이 떠진다.

지긋지긋한 비는 밤에 보았던 모습 그대로 떨어져 내린다. 하지만 악몽 같던 어제에 비하면 그런대로 나은 편이다. 줄어든 먹구름 사이로 빛줄기가 쏟아진다.

자리에서 일어나 기지개를 켜고 대장이 준 초코바를 먹어 치운 다음, 가방을 들어 어깨에 단단히 고정한다. 대기실을 나와 역으로 들어가 화장실을 찾는다. 안에도 바깥처럼 사람이 한 명도 없다.

거울을 보고 눈곱을 떼면서 늘어지게 하품한다. 양치하고 비누를 꺼내 세안한 뒤 인중을 늘려서 꼼꼼하게 수염의 흔적을 찾는다. 그런데 놀랍게도 아주 미세한 솜털이 코밑으로 조금 올라온 게 보인다. 얼른 면도기를 꺼내 솜털을 깎는다.

"그게 무슨 짓이야. 면도기한테 사과해."

형이 꾸짖듯이 말한다. 대꾸하지 않고 머리를 감는다. 수건에는 아직 판다의 몸을 닦은 물기가 남아 있다. 젖은 머리를 닦고 대충 얼굴을 문지른 뒤 가방 안에 집어넣는다.

그리고 화장실 칸막이 안으로 들어가서 옷을 갈아입는다. 새로 꺼낸 옷도 습기 때문에 눅눅하다. 하지만 화장실 밖으로 나오자 기분이 상쾌해진다.

우산을 펴고 역을 벗어난다. 버스를 타고 여섯 정거장을 가야 한다. 버스는 세 시간 단위로 한 대씩 운행된다. 가만히 버스를 기다리는 것보다 직접 걸어가는 게 낫겠다는 생각이 들어 정거장을 지나친다.

길이 단순해서 방향을 고민할 필요는 없다. 그냥 계속 앞으로 걸어가면 된다. 혼자 그렇게 걷다가 문득 전화기가 있으면 좋겠다는 생각을 한다. 갑자기 19번에게 전화를 걸고 싶어졌다. 내가 지금 어디에 와 있으며, 어디로 가고 있는지. 누구를 만났고, 누구를 만나려 하는지. 그런 시시콜콜한 이야기를 하고 싶다.

얼마쯤 걸어가자 거짓말처럼 공중전화 부스가 나타난다. 놀라서 그 자리에 멈춰 선다. 뭔가를 바랐더니 그게 진짜로 이루어지는 경험은 나에게 몹시 낯선 것이다.

괜히 주위를 둘러보고서 조심스럽게 공중전화 부스로 다가간다. 안으로 들어서는 순간 전화기가 폭발할 것 같다는 강렬한 예감에 사로잡힌다. 물론 그런 병신 같은 일은 벌어지지 않는다. 멀쩡하게 작동하는 정상적인 전화기다.

머뭇거리며 동전을 집어넣는다. 건조한 대기음을 들으며 손가락으로 누른 건, 어찌 된 일인지 집 전화번호다. 서둘러 전화를 끊는다. 심장이 입 밖으로 튀어나올 것처럼 뛴다. 잠시 망설이다가 수화기를 든다. 그리고 다시 집 전화번호를 누른다.

오랫동안 신호가 이어진다. 아버지는 전화를 받지 않는다. 나는 조금 더 기다린다. 그리고 수화기를 내려놓는다. 다음에는 19번에게 전화를 건다. 두세 번의 발신음 끝에 19번의 어머니인 듯한 사람이 전화를 받는다. 19번을 찾았더니 아직 자는 중이라고 했다.

"애가 아침잠이 많아서. 깨울까요?"

19번의 어머니가 부드럽게 묻는다. 나는 그렇게 할 필요 없다고, 나중에 전화하겠다고 대답한다.

전화를 끊는다. 공중전화 부스에 기대어 잠시 서 있다.

아버지는 내가 떠난 후에 줄곧 돌아오지 않은 걸까?

그럴지도 모른다. 이제 형과 내가 살았던 집에는 아무도 오지 않는 것이다.

"다시 전화를 걸어."

형이 말한다.

"전화를 걸어서 어쩌라고?"

투덜거리며 형을 본다. 형은 부스 바깥에 혼자 팔짱을 끼고 삐딱하게 서서 앞으로 멀리 이어진 길을 보고 있다.

"날씨 이야기를 하는 거지."

형이 말한다. 나는 허탈하게 웃으면서도 형이 시키는 대로 다시 전화를 건다. 신호가 만 번은 갔던가. 이윽고 아버지가 전화를 받는다.

"여보세요."

이른 아침이라 술을 마시기 전인지 아버지의 목소리에는 취기가 하나도 없다. 왠지 아버지의 목소리가 굉장히 멀게 느껴진다. 나는 한참 망설인 끝에 입을 연다.

"아버지."

아버지는 말이 없다. 욕을 할 것 같기도 하고 호통을 칠 것 같기도 한데 그냥 가만히 거기에 있다. 나는 아버지가 말을 할 때까지 기다린다. 이런 쪽의 고집이라면 나도 만만치 않다.

"어디냐?"

아버지가 묻는다. 나는 대답하지 않는다. 그 순간, 나는 도대체 여기가 어디인지 알 수 없어졌던 것이다.

그렇지만 그런 느낌은 오래가지 않는다. 수화기 너머로 아버지가 자세를 바꾸는 기척이 느껴진다.

"비가 내리고 있구나."

아버지가 말한다. 무심코 고개를 끄덕이다가 "그래요." 하고 대꾸한다.

"지겹게 오고 있어요. 그칠 것 같지가 않네요."

아버지는 잠시 입을 다물고 있다. 나는 수화기를 반대쪽 손으로 넘겨 쥐고 전화 부스 바깥에 내리는 비를 바라본다.

"곧 그칠 거야."

아버지가 말한다.

"그치지 않는 비는 없으니까."

"죄송해요."

내가 말한다.

아버지는 몇 번 헛기침을 하다가 아무 말도 하지 않고 전화를 끊는다.

다시 걷기 시작한다. 언젠가 이렇게 말없이 같은 길을 걸어갔던 적이 있다. 앞에는 아버지의 등이 보였다. 나는 천천히, 그러나 뒤처지지 않고 아버지의 뒤를 따랐다. 우리는 대화를 나누지 않았다. 묵묵히, 걸어갔다.

아버지는 버스를 타지 않는다. 버스뿐만 아니라 도로 위를 달리는 차는 아무것도 타지 않는다. 언제부터였는지 모르겠다. 주변의 시간은 결코 평등하게 흐르지 않고, 아버지와 관련된 시간은 언제나 지독하게 느렸으니까.

이제 우리 둘이다. 아버지가 말했다. 걸음을 멈추거나 고개를 돌리지도 않았다. 아직은 셋이죠. 내가 대답했다. 그때 아버지의 손에는 화장을 마친 형의 재가 들려 있었다. 아버지와 나는 몇 시간이고 그렇게 팍팍한 걸음을 옮기며 엄마가 있는 곳으로 올라갔다.

나는 아버지에게 굳이 여기까지 찾아오는 이유를 묻지 않았다. 아마 아버지도 잘 몰랐을 것이다. 어쨌거나 아버지에게, 그리고 나에게 실질적으로 죽음을 간직하고 있는 장소는 하나면 충분했다. 내심 엄마와 형이 남기고 간 흔적이 서로 섞여서 조금씩 무뎌지기를 바랐다. 정말로 그렇게 될 거라고 생각하지는 않았지만.

한참 걷고 있는 도중에 저편에서 버스가 빗물을 튀기며 달려온다. 운전기사가 창문을 내리고 "학생, 탈 거야?" 하고 묻는다. 그렇게 하면 왔던 길을 돌아가는 셈이라 나는 "이따 반대편으로 가실 때 탈게요." 하고 대답한다. 운전기사는 고개를 끄덕이고 역을 향해 사라진다.

엄마는 이곳에서 태어났다. 말하자면 여기는 엄마의 고향이었다. 가끔 형이 자신이 머무르고 있는 장소에 불만을 품지 않을

까 하는 생각을 했다. 형은 평생을 도시의 메마름과 함께 살았
으니까. 그러나 어쨌든 죽은 사람은 아무 말도 하지 않는 법이
다. 형은 평소에도 자신의 처지에 대해 별다른 말을 하지 않았
던 사람이니 딱히 불만스럽게 말을 꺼냈을 것 같지도 않다.

얼마나 걸었을까. 역으로 갔던 버스가 돌아온다.

"학생, 탈 거야?"

운전기사가 웃으며 묻는다. 얼굴의 반을 차지하는 새카만 선
글라스 때문에 인상을 파악하기 어렵지만 4, 50대쯤 되어 보이
는 아저씨다.

"고맙습니다."

기사 아저씨에게 인사하고 버스에 올라선다. 지갑에서 돈을
꺼내 집어넣고 맨 뒤로 걸어가서 앉는다. 버스 안에는 승객이 한
사람도 없다. 운전기사가 큰소리로 "어디까지 가나?" 하고 묻는
다. 나도 마찬가지로 큰 목소리로 목적지를 말한다.

"거기까지 걸어서 가려고 했어?"

운전기사가 머리를 흔들고 버스의 속도를 올린다.

시골이라 도로가 닦여 있지 않은 탓에 버스가 좌우로 힘차게
흔들린다. 이러다가 빗길에 미끄러져 사고라도 나는 건 아닐까
불안하다. 하나뿐인 승객이 불안에 떨든 말든 기사 아저씨는 콧
노래를 흥얼거리며 여유롭게 운전한다. 비는 심해졌다가 약해지
기를 반복한다. 변덕스럽게 몰려오는 파도 같다.

"여기에는 볼 게 아무것도 없어."

기사 아저씨가 목소리를 높인다. 대화를 나누기에는 거리가 멀다. 나는 자리를 옮길까 하다가 그냥 앉은 채로 크게 대답한다.

"저도 알아요."

"무슨 일로 왔어? 가출했어?"

나는 씁쓸하게 웃는다.

"그냥 여기저기 여행 중이에요."

"여기도 곧 개발에 들어갈 거래. 근방에서 농사짓던 양반들, 돈 많이 벌었어. 토박이에게는 좋은 일이지만 머리나 식히려고 들어온 나 같은 외지인한테는 골치 아픈 일이지. 이 버스도 조만간 운행이 중지될 거야. 아슬아슬한 때에 시기를 잘 맞춰서 왔네."

운전기사가 소리치듯이 말한다. 부지런히 오가는 와이퍼 너머로 곧 산의 입구에 도착한다는 표지판이 보인다.

"이제 얼마 안 가서 곳곳에 빌딩이랑 아파트 같은 게 세워지겠지. 사람도 많이 꼬일 거고. 그렇게 되면 섭섭할 거야. 이 지겨운 버스도 그리울 거고."

운전기사가 말한다. 나는 고개를 끄덕인다.

결국에는 모든 게 그리움에 대한 이야기가 아닐까.

얼마 지나지 않아 버스가 목적지에 도착한다. 운전기사는 고개를 돌리고 나를 보면서 말한다.

"학생이 내 마지막 손님으로 기억될지도 몰라. 워낙에 사람이
안 다니는 데라."

나는 그렇게 되면 영광이겠다고 말하고 가방을 챙긴다. 기사
아저씨는 내가 언제까지 여기에 머무를 건지 묻는다. 나는 밤에
는 떠날 예정이라고 대답한다.

"그러면 이따가 또 보겠군. 손은 흔들지 않기로 하지. 조심히
갔다 오시게."

운전기사가 말한다. 나는 손을 흔들지 않고 버스에서 내린다.
버스는 떠났다.

산을 오르는 데 시간이 꽤 걸린다. 비 오는 날에 우산을 쓰고
산에 오른 적이 없어서 이렇게 힘들 줄 몰랐다. 입구에서부터 인
위적으로 닦아 놓은 길은 벌써 흔적조차 찾아볼 수 없다. 나는
우산을 접어 가방 옆에 달린 끈에 끼우고 비를 맞으며 걷기로
결심한다. 양손이 자유로워지면서 조금 편해졌지만, 힘들기는
마찬가지다.

산더미처럼 쌓인 낙엽은 물을 머금어서 대단히 미끄럽다. 지
난번에 오를 때는 이 정도로 힘이 들지 않았다. 그때는 비가 내
리지 않았고, 가방 같은 걸 메고 있지도 않았으니까. 그리고 아
버지가 있었다.

겨울이 한창인 어느 날이었다. 아버지는 가파른 길을 올라가면서 종종 나에게 손을 뻗어 도움을 주었다. 반대로 내가 아버지의 손을 잡아서 이끌기도 했다. 어스름하게 날이 저무는 때였다. 썩은 나뭇가지를 잘못 잡아서 자칫 아래로 굴러떨어질 뻔한 걸 아버지가 붙잡았다. 적막한 산중에 아버지와 내가 발을 딛는 소리, 그리고 거친 숨소리만 선명하게 울렸다.

전에도 이 산을 오른 적이 있지. 아버지가 말했다. 그때는 네가 나를 잡아 주지 못했다. 넌 아주 작은 아이였으니까. 나는 그래요, 하고 간단하게 대꾸했다. 그게 그날 우리가 나누었던 마지막 대화였다.

숨이 턱까지 찬다. 잠시 멈춰서 바닥에 앉는다. 마실 물을 챙겨 왔어야 하는데. 아쉬운 대로 손바닥을 뻗어 내리는 빗물을 받아 마신다. 쇠를 핥는 듯한 맛이 난다. 가방을 옆에 놓고 나무에 등을 기댄다. 몸이 땀과 비로 범벅이다.

쉬었다 오르기를 반복하는 사이 시간은 정오를 지난다. 마침내 정상에 올랐을 때는 완전히 녹초가 되어서 도착했다는 기쁨을 누리기도 전에 발을 뻗고 쓰러진다.

"내려가는 게 더 힘들걸."

형이 말한다.

"시간은 훨씬 적게 걸릴 거야."

"그래. 굴러가면 되니까."

나는 하늘로 시선을 던진다. 빗방울이 얼굴을 때린다. 구름이 맹렬한 기세로 흘러간다. 바람이 불고, 나뭇가지가 부드럽게 흔들리는 소리가 퍼진다. 상체를 일으켜서 아래를 내려다본다.

바다가 있다. 저 멀리 까마득하게 펼쳐진 바다. 수평선과 맞닿은 하늘 위에는 붉은 태양이 구름 속에서 천천히 타오른다. 쏴아, 하고 나무들이 몸을 떤다. 일순간이나마 나는 내가 바다의 소리를 듣고 있다는 착각에 빠진다.

바로 이곳에서 보냈던 것이다.

엄마를.

형을.

엄마가 죽음을 맞이하던 순간에 형은 병원의 지하 주차장에 있었다. 벽에 등을 기대고 앉아 자신과 싸우는 중이었다. 어머니가 죽을 거라고 생각했어. 형이 말했다. 당장 올라가서 어머니 곁에 있어야 한다는 걸 알았지만, 그러지 않았어. 나는 내가 그러지 않을 거라는 걸 알았지. 왜냐하면 나는 빌어먹을 겁쟁이니까.

바다를 보면서 형을 기억한다. 형이 누나에게 했던 말을. 그리고 나중에 내가 누나에게 전해 들었던 말을. 만일 내가 병실에 없었다면 지하 주차장을 서성이며 무너져 갔던 것은 형이 아니라 나였을지도 모른다. 엄마의 마지막 말은 결국 아무에게도 전달되지 않았다. 나는 겨우 최근에 이르러서야 그걸 기억해 냈던 것이다.

내가 애써 잊어버렸던 말을, 사실은 내가 아니라 형이 들었어야 하지 않을까. 결과적으로 엄마에게 용서받은 사람은 나뿐이었으니까. 나는 형과 내가 같은 어둠 속에서 살아갔다고 생각했지만, 그게 아니었다. 형은 죽었다. 나는 살아 있다. 이게 얼마나 바보 같은 일인지.

형을 본다. 형은 내 옆에 앉아 바다를 보고 있다.

형에게 말한다.

"말해 줬어야 해."

형은 아무 말도 하지 않는다. 나는 형을 보면서, 계속 말한다.

"내가 형한테 말해 줬어야 해. 형은 괜찮다고. 우리는 괜찮다고 말이야. 그날 형이 나한테 전화했을 때, 내가 형에게 말도 안 되는 소리를 지껄였을 때, 나는 멍청하게 형을 잃어버린 거야. 엄마가 죽은 것도, 형이 죽은 것도, 모두 내 잘못이야. 정말로 도망치고 있는 사람은 나였어, 형."

빗물이 흘러서 눈에 스며든다. 눈을 닦는다. 형은 자리에서 일어서서 나를 내려다본다.

"견딜 수 있겠어?"

형이 묻는다.

"무너지지 않고 버틸 수 있겠어?"

자꾸만 눈으로 들어오는 빗물 때문에 다시 눈을 비빈다. 아무리 비벼도 눈가에 빗물이 와서 박히는 걸 막을 수가 없다.

형이 죽고 난 뒤에 나는 형을 보았다고 생각했다. 그렇지만 사실은 형이 어디에도 없다는 걸, 나는 분명하게 알고 있었다. 그렇기 때문에 이제는 눈앞에 있는 형의 그림자에게 작별을 고해야만 한다.

"잘 있어."

내가 말한다.

"잘 있어."

형이 따라 말한다.

나는 가방 속에서 비에 젖은 돈뭉치를 꺼내 바람과 함께 날려 보낸다. 허공으로 흩어지는 지폐를 보면서 엄마를 생각한다. 그리고 형을, 아버지를 생각한다. 그 와중에도 빌어먹을 빗물이 계속해서 눈 속으로 비집고 들어온다.

나는 울고 있었다.

눈을 떴을 때는 이미 밤이다. 감기에 걸린 것 같다. 기침을 쏟으며 일어선다. 주위에는 아무도 없다. 스산한 바람이 불자 비에 젖은 머리카락이 뺨에 달라붙는다. 머리를 쓸어 넘기면서 내일쯤에는 이발을 해야겠다는 생각을 한다. 베개 대용으로 썼던 가방은 볼품없이 푹 눌렸다.

나는 도로 가방에 머리를 파묻고 드러눕는다. 여전히 비가 내린다. 내 예상대로 그치지 않았다. 하지만 언젠가는 그칠 것이다. 사람들은 그런 걸 비라고 부른다.

먹구름이 바람을 타고 천천히 움직인다. 그 사이로 언뜻 무언가를 본 것 같다. 나는 눈을 가늘게 뜨고 내가 본 게 뭔지 자세히 살핀다. 다시 그걸 보기 위해서는 꽤 오랜 시간을 기다려야 했다.

이윽고 구름이 걷히고 수없이 많은 별이 모습을 드러낸다. 숨이 막힌다.

"별이야, 형."

내가 말한다.

잘됐군. 이제 저걸 타고 내려가면 되겠어. 그렇지만 나의 유치한 감상을 비웃어야 할 형은 어디에도 보이지 않는다. 잠깐은 쓸쓸한 기분이 든다. 그러나 그런 기분은 곧 사라진다.

조금 있으면 별이 보석처럼 반짝이고 있는 산을 내려갈 것이다. 애는 좀 먹겠지만 어떻게든 버스에 탈 수 있겠지. 19번에게 전화를 걸고, 아버지가 있는 집으로 돌아갈 생각이다.

여행은 끝났다.

/

후기

/

하나.

아무에게도 아무 말도 하고 싶지 않은 때가 있었다. 나는 망가졌고, 다른 사람들 역시 마찬가지라는 생각을 해 왔다. 혼자만을 위한 글을 썼다. 대화를 나눌 때보다 상념에 젖을 때가 더 많았다. 그 시절의 기억이 첫 번째 장편소설을 완성하는 힘이 됐다.

이제 나는 그때보다 덜 아프고, 덜 고독하다. 특별한 계기가 있었다고는 말할 수 없다. 다만 시간이 흘렀을 뿐이다. 어쩌면 모든 상처는 그런 식으로 자연스럽게 낫는 건지도 모르겠다. 당신이 어디에 있든, 무엇을 하든, 어떤 심정이든, 조금씩 나아지기를 바란다. 그런 바람을 가지고 이 글을 썼다.

둘.

여전히 비 오는 날이 좋다. 눈이 오면 들뜬다. 해가 쨍한 날에는 아무것도 하지 않는다. 아무리 시간이 지나도 변하지 않는 게 있다. 그런 것도 있는 법이다.

셋.

동생에게. 신형철 선생님에게. 심사위원분들에게. 책의 가장 마지막 페이지에 실려 있는 분들에게. 그리고 당신에게. 내가 감히 혼자의 힘으로 어지럽게 널린 문장을 주워 모았다고 자만할 수 없는 이유가 되는 이름들.

특별히 덧붙여서, 종협이에게. 종협이가 없었다면 이 글은 결코 완성되지 못했을 것이다.

넷.

책을 손에 쥐면 후기를 먼저 읽는 버릇이 있다. 책을 다 읽고 나면 다시 한번 후기를 읽는다. 양쪽 모두 내게는 인사 같은 것이다. 먼저 읽는 당신에게, 만나서 반갑습니다. 다시 한번 읽는 당신에게, 또 만나요.

2013.

다섯.

더는 고칠 수 없을 때까지 깎고 다듬은 책이다. 10년쯤 지나면 달라 보일까. 막연하게 생각했다. 그리고 정말 10년이 지났다. 지금도 나에게는 완성된 책이다. 달라진 건 책이 아니라 쓴 사람이다. 현재의 문체로 새롭게 깎고 다듬으면서 분량이 조금 줄었다. 내용이 바뀐 건 없다.

이제 당신은 10년 전보다 덜 아프고, 덜 고독할까. 조심스럽게 묻는 마음으로 글을 고쳤다. 당신이 계속 읽으면, 나는 계속 쓸 것이다. 우리의 시간이 무뎌질 때까지.

고맙다. 생각하고 있는 것보다 더.

2023.

그치지 않는 비

ⓒ 2013 · 2023 오문세

초판 1쇄 발행	2013년 1월 24일
개정판 1쇄 발행	2023년 7월 17일
개정판 3쇄 발행	2025년 8월 25일

지은이	오문세
책임편집	원선화
편집	곽수빈 서정민 홍지희 엄희정 이복희
디자인	이지선
마케팅	정민호 서지화 한민아 이민경 왕지경 정유진 정경주 김혜원 김예진 이서진
브랜딩	함유지 박민재 이송이 박다솔 조다현 김하연 이준희
저작권	박지영 형소진 주은수 오서영 조경은
제작	강신은 김동욱 이순호
제작처	더블비(인쇄) 중앙제책사(제본)

펴낸곳	(주)문학동네
펴낸이	김소영
출판등록	1993년 10월 22일 제2003-000045호
주소	10881 경기도 파주시 회동길 210
전자우편	kids@munhak.com
홈페이지	www.munhak.com
카페	cafe.naver.com/mhdn
인스타그램	@kidsmunhak
트위터	@kidsmunhak
북클럽	bookclubmunhak.com
대표전화	(031)955-8888
팩스	(031)955-8855

ISBN 978-89-546-2041-3   03810

잘못된 책은 구입하신 서점에서 교환해 드립니다. 기타 교환 문의:(031) 955-2661, 3580